周口历史文化典籍丛书

《陈风》散论

王少青◎著

河南人民出版社
·郑州·

图书在版编目(CIP)数据

《陈风》散论 / 王少青著. — 郑州: 河南人民出版社, 2022. 12

(周口历史文化典籍丛书)

ISBN 978-7-215-13277-1

Ⅰ. ①陈… Ⅱ. ①王… Ⅲ. ①《诗经》-注释 ②《诗经》-译文 Ⅳ. ①I222.2

中国版本图书馆 CIP 数据核字(2022)第 254572 号

河南人民出版社 出版发行

(地址:郑州市郑东新区祥盛街 27 号 邮政编码:450016 电话:65788053)

新华书店经销　　河南瀰博印刷有限公司印刷

开本 710 毫米×1000 毫米 1/16 印张 14.5

字数 140 千字

2022 年 12 月第 1 版　　2022 年 12 月第 1 次印刷

定价: 49.00 元

总序

诚明不易

——读书和思考很重要

有文化,对于一个人或一个地方来讲,都是件很荣耀的事。

但对任何事物的评判,是要有标准的,除了感情因素、动机因素,还要有客观现象或现实作为依据。

评判一个人是否有文化,需要把握三个核心要素:

思考问题的深刻性、系统性,即能力标准;做人做事的原则性,即道德标准;处世的格局与方式,即表现形式。

评判一个地方是否有文化,是这三条个体标准的群体化,千年相沿,影响带动,形成民风。

也可以量化对比一些现象,比如历史文化资源中某地域科举考试进士数量,比如时代文化气息中某地域人均线下图书购书量和借阅量。这一个历史数字和一个现实数字,以今天的地市级行政区划来比较,如果都没能进入全国的前100位,就要在崇文重教方面加压奋进了。

也可以观察考量一些群体社会表现，比如对于名利的态度和追求方式，比如人际交流中能否自然而准确地表达。如果在名利面前都可以弹性处理道义和手段，如果平常说话要么是词不达意要么是轻浮卖弄，就要在民风淳正方面强化引领了。

还可以客观分析这个地方对于历史文化资源传承弘扬的着眼点和着力点，即以什么理念和什么方式来做。

不去研究老子、孔子的思想和生平，而只专注于附会渲染他们出生时天有异象；不去探讨孔庙、太昊陵的历史沿革、礼制内涵、建筑格局，而是津津乐道于怎么跳龙门、怎么摸子孙窑生儿子；不去领悟楚辞、理学的文化意蕴，而去无谓地争夺屈子投江、程门立雪的发生地；不准确把握历史名人资源的界定标准，而一味自作多情地生拉硬拽、认亲攀附；不深入全面地研读文化典籍，而是听说了几个名词术语就敢写文章谈观点，误认为能溜滑板就能开飞机；不科学地研判文化资源价值，明确地域文化定位，而是敢把梦话当学术宣言，动辄自称“宇宙元点”；输了赛道之后，不是反省自己体质、技能或装备上的不足，而是到处喧嚷“我祖上会飞”。

这种现象不是个别的，不是一时的，是大面积长期存在。

为什么要这样？就是因为这样做成本低，不需要下苦功夫，不需要钙铁硒、精气神、勤奋和天赋的支撑，只需要在村头听听老奶奶是怎么哄孙子的，在酒桌上借鉴些别人的豪言壮语，再掺些自己常用的聪明,就可以跳出来鸣锣起舞了。

这样做的直接后果,是把科学的变虚幻了,把真实的变模糊了,把厚重的变轻薄了,把人格塑造变成生活调味了。一场弘扬历史文化的恢弘大剧,变成了戏谑小品。

把这些现象都观察分析一番,再来衡量一个地方是否有文化,是否有健康正确的文化观,相信有些自我文化定位很高的地方,也会有一定程度的失落。

一个地域内,文化的阶段性、类别性缺失,是由多种原因造成的,就像一个人的体质不佳,有的是先天不足,有的是大病之后元气没能恢复,有的是长期不良习惯致使免疫力弱,等等。这本身不可怕,辨症施治就行了。要注意的是,不能误把病态作强健,再以不健康的方式试图去勉力维护这虚幻的强健。

失落之余,不是沉沦颓废,不是自欺自诩,而是要冷静下来,分清楚病态与健康,查明白遗传或病理,以对时代负责的态度,对子孙负责的态度,努力去弥补缺失。

前人留下的东西,我们要科学地传承好;前人留得少的东西,在我们手中变多;前人没有留下的东西,我们努力给子孙创造。

要促进文化的发展与繁荣,不能靠空谈,是需要付出的。要下笨功夫,去研究,去实践,持续发力引导,以一代人甚至几代人的付出,不断优化一个地方的文化基因。

最基本的方式,是读书与思考,有质量的读书与思考。

读书的目的，不完全是获取知识，不单单是做些学问。读书的最根本目的，是让人有思想、有灵魂，有至诚之德和洞明之智，是要塑造健全人格。

所以，要多读有用之书，想明白做人做事的道理，外化于言行。一人如此，千万人如此，当下这样，世世代代这样，努力实现我们这个时代新的文化灿烂。

周口，有着悠久的历史，有着丰富的文化资源，是中华道德文明起源传承的核心区。相传伏羲氏在这里演八卦，探索自然规律，追求天人合一，开启人类文明大道之源；老子在这里研道悟道，辨明道德关系，引领尊道贵德，道德理念厚植于这方土地。

同是在这块土地上，先贤留下了无数典籍，是民族文化的瑰宝。我们从中选择9个方面的内容，邀请若干学界有影响、学术有专长、地域有关联的学者，共同编纂“周口历史文化典籍丛书”，在继承前人思想文化的同时，形成我们这个时代自己的文化成就，为大家提供阅读，引发大家思考，为“道德名城　魅力周口”文化标识增添亮度。

以后，我们还会不断努力。希望有更多人参与支持。

编　者

2022年10月11日

自序

要说明的几个问题

1.《诗经》何以为经

《诗经》作为一部独立的典籍，最早的名称是《诗》或《诗三百》，这在《论语》《左传》等文献中多处出现。它是西周初至春秋中叶500余年间的一部诗歌选集，我们今天习惯上讲“诗歌总集”，是以作者之众而言，若以作品质量与标准而论，称诗歌选集，似更能为大众理解和接受。这种选集，需要有充分的社会基础和文学基础。

社会基础就是要广泛普及，尤其在周王室和诸侯士大夫之间。普及就意味着被关注，有价值。《左传》中记载了多处春秋时期诸侯交往中“赋诗言志”的场景，他们以赋诗委婉表达个人志向和政治诉求。

文学基础就是要有数量充足可供选择的诗歌作品。《诗三百》是通过采、献、选、删等多种程序后确定下来的，它的背后应该有个庞大的选择基数，至少像《史记·孔子世家》所谓“古者诗三千余篇”。未被选入《诗》的，大多散佚，极个别几首作为“逸诗”，被其他先秦典籍记载并流传下来，已属幸运。

充分的社会基础和文学基础，决定了《诗》具备走向经这一文献典籍圣坛的基本价值。

诗最早被周王室高度重视，目的是“观风俗，知得失，自考正”，是为了维护礼。孔子深谙这一道理，有意识地以《诗》解礼。战国后期，《庄子》一书中记载孔子向老子讲述自己研读《诗》《书》时，始有“六经”之说。《诗》之为经，有了初步概念。但这还只是尊称，并没有达到规范天下的常道地位。

《论语·八佾》记载有孔子与弟子子夏一段饶有生趣的对话：

> 子夏问曰：“‘巧笑倩兮，美目盼兮，素以为绚兮。’何谓也？”子曰：“绘事后素。”曰：“礼后乎？”子曰：“起予者商也，始可与言《诗》已矣。”

这段对话，对中国教育思想、文艺理论、《诗经》研究都应该有重大影响。师徒二人由美色联想到绘画，由绘画联想到礼乐，这种思维方式是《诗》走向“经”的重要推动力，也显露出儒家诗教，其用意不在文学。

《论语》中还记载有孔子论《诗》的话，比如“兴于《诗》，立于礼，成于乐”“《诗》三百，一言以蔽之，曰‘思无邪’”等，它们都表明孔子心目中的“诗三百”，是要用来“克己复礼”的。

不仅《诗经》如此，“六经”均具有思想旨要上的统一性。《汉书·礼乐志》认为“六经之道同归，而礼乐之用为急”，“六经皆礼”成为后世经学家一致的认识。

战国时期，孟子著文，处处引《诗》化《诗》，以《诗》明道。荀子更是将《诗》列为儒家诸经之首，视作圣人之道的重要源泉，大大提升了《诗》的地位：

> 圣人也者，道之管也。天下之道管是矣，百王之道一是矣。故《诗》《书》《礼》《乐》之道归是矣。《诗》言是其志也。（《荀子·儒效》）

尽管儒家推崇，但法家、墨家等却视《诗》为亡国大患。李斯颁定焚书令，更是首推《诗》《书》。被敌视，也是价值与分量的表现，说明《诗》具有超出文学意义的影响。

而到了西汉武帝时期，采纳董仲舒“罢黜百家，独尊儒术”的“天人三策”，儒家学说成为治国施政的基本纲领和政治伦理，《诗》正式被列为儒学“五经”之一而成为《诗经》。至此，由诗到经，完成了形式上的转变。

汉儒注经，是历史上十分重要的文化现象。其中注《诗》尤其人数多、影响大，齐、鲁、韩、毛四家各有所长。后因郑玄作笺，《毛诗》地位遂远高于三家之上，三家渐失，《毛诗》独传。《毛诗》的突出特色就是处处美刺，要么是歌颂，要么是责刺，给《诗经》中每篇诗都赋予了与儒家政治教化有关的题旨。由此，经的实质性意义更加凸显。

至后世，政治家、哲学家、史学家、文学家等频繁在文字和言论中引用《诗经》，不断丰富解诗的语言环境，深化《诗经》的思想意义，《诗经》的教化价值渐渐具有普适意义，融入人们的价值理念和人生态度。

由形式到实质，由文学到社会伦理，由被工具到成自觉，《诗经》终以为经。

这里介绍了《诗经》何以为经的过程和因素，很多观点是总结前人的。概括起来说，孔子重《诗》，是认为它对世人有修身养性、敏于辞令的启发借鉴意义；孟荀重《诗》，是认为它是治理天下的要项，合于圣人之道；汉儒重《诗》，是认为它有助于明是非、辨正邪、匡风化；后世重《诗》，渐渐呈现经、诗并重之势，既重教化修养，又重形象感情、语言声韵。

历史地看，本源地看，《诗经》为经的实质意义，还在于它是诗的经典。

2.《国风》何以成风

今天我们都知道《诗经》有风、雅、颂三种诗体，有十五国风凡160篇。而在《诗》之初成，却只有雅、颂，而没有风。《论语》《左传》的记载，只有周南、召南、邶、卫、郑等，并未提及风。《国风》中的篇章，也未有一处有带喻义的“风”字，倒是《大雅·嵩高》中有“吉甫作诵，其诗孔硕。其风肆好，以赠申伯”。

这一处写得就很明确，以风来形象和内涵诗乐。再综合其他先秦文献可知，风，本来就是音乐曲调的意思。古人每闻风吹之声，大小高低、清浊长短各异，有如乐曲，便以风比之。庄子称风为“天籁”，也是这个道理。

汉儒编纂《礼记》，才出现“国风”一词，置风于各地名之下，使其成为《诗经》诗体的一种，别于雅、颂。《诗序》解释说：

> 风，风也，教也。风以动之，教以化之。
>
> …………
>
> 上以风化下，下以风刺上，主文而谲谏，言之者无

罪，闻之者足以戒，故曰风。

…………

是以一国之事，系一人之本，谓之风。

这些解释，把风的含义进一步延伸，使其具有更广泛的社会运用。

《诗经》中的十五国风，是当时部分诸侯国和特定区域的民间诗歌。其中，周南、召南是西周初年设立的两个行政区，王是东周天子的京畿之地，即今洛阳一带，其余邶、鄘、卫、郑、齐、魏、唐、秦、陈、桧、曹、豳，为十二个诸侯国。

来自不同地域的十五国风，从文字上来看，已是风格各异，如果再考虑上已经失传的曲调，更是反差很大。但有些是一致的，那就是都体现各自地方特色，都反映各地民众情绪和社会风俗，都有着感情的真和辞令的美。

这样一来，汉儒赋予的风之称谓，又恢复了庄子“天籁”的本来面目。

《国风》之所以成风，既源于教化之用，也源于诗歌之文。没有教育引导民众的目的，便没有统治者推广的积极性；没有诗歌自身的艺术魅力，便会“言之无文，行而不远”。

《国风》之所以成风，既体现在当年的风行陌上，民众劳而歌、祭而歌、乐而歌、哀而歌，更体现在此后的风行史上2500余年，人们治世用之，修身用之，咏物用之，感怀用之。

其思想艺术，长期浸润感染着民众的生活，使这个古老的国度，成为礼仪之邦，成为诗歌王国。

3.《陈风》何以列编

《陈风》是十五国风之一，共十首，反映了陈国这片土地上的风土人情。十首诗的主题构成丰富，风格面目各异，都有很高的质量，是《诗经》中出彩的组成部分。

《国风》列编了两个行政区、一个京畿之地、十二个诸侯国的诗歌，相较于春秋时诸侯国尚有百余之数，覆盖得显然不全面、不均衡。居于诗的国度，又处于诗歌兴盛的时代，当时很多诸侯国会有自己的诗作，有些列编，有些未被列编，这之间注定会有取舍的标准。因缺乏文献资料，以下姑且作些粗略推论。

若论政治可靠、血脉正统，则周南、召南有了，而作为姬姓宗邦、诸侯望国的燕国、吴国未能列编。

若论文化发达、诗风弥盛，则郑国、卫国有了，而与其比邻的作为商族遗脉的宋国未能列编（源于宋地的《商颂》疑为附录）。

若论国力强盛、为周室所重，则齐国、唐（晋）国有了，而以夏禹后人身份威慑东南的越国、纵横江淮虎视中原的楚国未能列编。

综合春秋时期周室治理理念分析，十五国风的选列，至少考虑兼顾了六方面因素：

一是政治因素。要与周王室保持一致，尽显周王朝统治下的“莫非王土”。

二是礼乐因素。强调礼乐价值，不得明目张胆地失礼乱序，不得出现“八佾”之僭。因为周室以礼治国，礼乐因素实质上也是政治因素。

三是艺术因素。按地域来整体看，所选诗歌可以没有统一的气质风格，但都要有吟诵价值，可以行之久远。

四是感情因素。有些诸侯国虽已被灭，如邶、鄘，有些诸侯国虽已岌岌可危，如曹、桧，但他们曾长年坚持维护王室声望，不断巩固与周室的姻亲关系，也当予以奖掖鼓励。

五是宗族因素。夏人之后的越，虽然恭于周室且称雄东南，殷人之后的宋，虽然奉行礼乐且文化发达，但毕竟是异族，歌于朝堂和宗庙的周王室《诗》，不便选其乐调。

六是避让因素。主要表现为鲁国，它符合上述各项条件，且最为优越。鲁国完好保存了周室文物典籍，素有“礼乐之邦”之称，被时人感叹为“周礼尽在鲁矣！”，于是孔子编纂《诗》，不列《鲁风》，而列《鲁颂》，看似避让，实站高位。

《陈风》十首列入十五国风，虽然总体风格气质不如《周南》《召南》《魏风》《秦风》那样鲜明统一，有些篇章因神秘而被曲解，被诟病，但揭开历史尤其是汉儒强加于其上的蒙布，还原诗歌本色，《陈风》各篇符合“诗言志”，符合礼之用，可以“兴观群怨”。

而陈国在568年立国史上，始终忠诚于周室，恪守礼乐之制，虽非周室宗族，但长年有通亲之好。可谓政治上可靠，文化上正宗，感情上亲近。尤其陈国诗歌，意境幽远，风格多样，很符合《诗》的选编标准。

孔子周游，曾居陈4年，于陈国的风土人情深有体悟，主持“删诗”，也会对陈地诗篇别有关注。

《陈风》为《诗经》列编，可谓是地域文化的优势胜出。

4. 如今再论《陈风》

10多年前，中华书局出版了我的《诗经·陈风》，线装竖排版，宣纸印刷，很是精美。严格讲，这本书不是深入研究的成果，是聊天聊出来的。

与当代书法大家、学问大家欧阳中石先生相识多年，偶去拜访，总是闭门长谈，围绕关乎历史文化的大主题，漫无边际，亦庄亦谐。先生博学多识，微言大义，我每每于其间受益良多。

一次茶香氤氲间，我聊起汉儒注经的动机和习气，以及由此形成的对文化传承与民族性格的影响，中间的列举，尤以《陈风》说得较细。先生起身从书柜中寻出一册《诗经》，边听边翻阅思考，嘱咐我要不薄古人，兼收并蓄，静观自得，独出己意，并真切地提出：“你注释评析，我书写，咱们合作一次。”

我深知先生是以此举奖掖后学，也是促我有所思有所行。此后月余时间，每天晚饭后我便埋首书斋，注释、翻译、评析，将《陈风》十首梳理一番，聊备一书之格，承蒙中华书局青眼，得以面世。

这次考虑出版“周口历史文化典籍丛书”，以更好地推动一方读书之尚，增进民众对历史文化的了解。我原想散论《道德经》或注评《后汉纪》，但时间确实不济，只好偷懒，拿已经有了基础的《陈风》说事儿。

可回过头来再翻10多年前的《诗经·陈风》，才意识到当年的荒疏，观点、逻辑、文字等，处处显得急就章。有些是囿于线装书形式，展不开；有些是思考不深入，失之薄。总之，基础是不扎实的。

偷懒不成，只能老老实实去耕耘，再论《陈风》，以求较之10多年前的自己，能有说得过去的提高。

5. 采用散论写法

《诗经》流传2500余年，屡经编删、传抄、解读，题旨诗义，歧见迭出，章节字句，错讹难免。加之时代变迁，诗歌最重要的自身语感，很多已难以被准确捕捉领悟。而《国风》于其间尤甚，《陈风》于《国风》间尤甚。所以，阐释评析《陈风》诸篇，在题旨和句意上，都会见仁见智。

《诗经》中涉及的西周、春秋时代历史事件、礼仪制度、价值观念，乃至建筑、器物、鸟虫、花木等，有些需要深入解析、纵横比较，有些需要由形及神、由古到今。下笔分析评论，若过于注重文章章法，势必展不开、推不动、切不准、说不透，也容易引发笔讼。

与其费力不讨好地正襟危坐着论述，不如放松自己去散论。围绕着一个中心，可拿可放，可深可浅，可纵可横；可随处释放观点，可有机展开逻辑，可适情赋以文采。

有些可作史论来读，如《宛丘》篇、《墓门》篇散论；有些可作文论来读，如《东门之杨》篇、《月出》篇、《泽陂》篇散论；有些可作思想史来读，如《衡门》篇散论；有些可作“正骨”论来读，如《株林》篇散论。

散论写法，也让自己扬长避短。

读书多在早年，加之记忆力一般，要信手拈来例据已觉吃力，好在融会贯通了一些文史哲杂项，可随时拾遗补阙；没有时间，也不擅长借助现代工具查阅资料，不能及时关注到当代学人的真知灼见，好在长于思考，习于在现象中寻找规律，形成自己的观点；训诂考据的基本功不够扎实，每于冷僻处苟且，好在注重深体细悟，习于从语感中找真实，而不盲从前人之论。

这样的散论之下，显得自己处处得势，站在了上风。

这样的散论之下，也让浸润着诗意的《陈风》，弥漫了更多的历史云烟，渗透了更多的思想负离子。

6. 诗译的原味与跳出

很多《诗经》注本都有诗译这种形式。虽然严格讲，诗是不能翻译的，但若不译，《诗经》实在难懂；若作散文白话译，又觉索然无味。以诗译《诗》，方显情绪与节奏。

但以往《诗经》译本的共同之处，就是刻意突出民歌化、口语化，以显质朴生动，以显《诗经·国风》的民歌属性。且处处紧贴原作诗句，亦步亦趋，不敢疏朗一步，好像一典雅，便失了本色，一外溢，便属于外行。

殊不知，《国风》虽然来自各地民间，但创作者未必就是普通民众，往往是卿士为诗，百姓歌之。不像我们现代人，山民编唱山歌，渔民编唱渔歌，船夫累乏了，为提振气力而大声喊出号子。

这些已有相当文采的风诗，又被层层筛选，择其优者，献于周室。能被选中，已是诗中龙凤。而到了如孔子那样的大儒手中，删改加工，润色提升，更是让《诗三百》达到了那个时代的殿堂级水平。综合考量，应该按照这个时代艾青、郭小川、贺敬之的艺术风貌，来观照把握彼时之《诗三百》。

这样看来，一味将《诗经》译成民歌是不合适的。过于突出民歌化、口语化，客观上已经让今天很多青年读者疏远《诗经》，甚至轻视《诗经》的文化地位。

于是，我的诗译在尽量保持诗作原味基础上，结合新诗的意境、节奏和修辞特点，跳出常见套路，跳出句式束缚，尽量典雅一些，含蓄一些，曲微一些，以争取青年读者能够读得进去。

无论任何形式的译，根本的原则都是遵循其所本，真实完整地体现原意，决不是另起炉灶创作。所以，围绕原味与跳出，诗译部分也耗费了较多心思。

读中学时，交叉着写过一些新、旧体诗，已是多年不抒情了，如此这般诗译，实有老夫聊发少年狂之嫌。

7. 附篇意在比读

《陈风》十首诗的后面，选了《小雅·节南山》《小雅·巧言》《周颂·有瞽》三首诗作为附篇，以供读者比较着阅读，使其多理解一些内容。

从诗体上来看，《陈风》十首，虽各有面目，但总是风诗实质。我们都知道《诗经》有风、雅、颂之分，也都或多或少了解一些为什么这样分，各有什么特点。但在一本论及《诗经》的书中，无论从什么角度切入，无论专注于哪个方面，无论取什么作书名，对于普通读者来讲，你都是谈《诗经》的书。

以这本《〈陈风〉散论》为例，作为作者，我知道是从地域文化的角度在论，是从《陈风》切入谈了《国风》。而大多数读者，虽然也明白这个道理，但若不是专业人员或久有涉猎者，总会在潜意识里认为，《诗经》大概都是这般，以至形成认识上的偏差。

所以，为了避免一般认识上的以偏概全，又在《雅》和《颂》诸多诗篇中，选了特色鲜明、有代表性的这三首作为附篇。《节南山》《巧言》合乎“言天下之事，形四方之风，谓之雅”“雅者，正也，言王政之所由废兴也”的概念，能体现出强烈的忧患意识和参与意识。《有瞽》合乎“颂者，美盛德之形容，以其成功，告于神明者也”的定义，能体现出天子祭祀的诸般。

从诗歌内容上来看，风、雅、颂之间并没有截然的区分，很多内容可以共同关注、共同表现，只是角度不同，表达手法不同。

《陈风·墓门》与《小雅·节南山》，虽然明暗手法有别，但责叱权奸的主题相同。

《陈风·防有鹊巢》与《小雅·巧言》，虽然忧愤情绪有别，但忧谗防间的主题相同。

《陈风·宛丘》《陈风·东门之枌》《陈风·株林》与《周颂·有瞽》，虽然有细节与宏观、间接与直接、民间与王室等区别，但都表现了祭祀活动。相互比照着阅读，深品诗间余味，佐以史料记载，可以让我们更多地关注、研究古人祭祀。

为了让读者更好地原汁原味读诗，不拘于字词间的音义之辨，附篇不再进行简注和诗译，只在散论中简要介绍诗意。

8. 推翻在于其本就站不稳

对于《陈风》中的某些篇章，按照自己的理解，作出了不同于前人的解读，目的是最大限度地贴近诗歌本意，力图还原其本来面貌。比如《东门之杨》《防有鹊巢》《月出》《泽陂》等篇和三首附篇的散论文字，都比较多地谈了自己的观点。

而对于古今注诗家认识一致的《株林》，则从根本上推翻其题意解读和以史证诗的阐释。不是要刻意疑古，更不是想自立门派，而是古今间所谓一致的认识，稍加推敲，就显得漏洞百出。这中间的是非曲直，在《株林》篇散论中，逐一予以说明。

所以，有些观点看似立得久、和者众，却未必牢靠。只是软肋暴露时间长了，无人去击，自己也把它忘记了。

推翻，还是在于其自身本就站得不稳。

9. 学者的书法

《陈风》当年是文字和曲调的结合，今天成书，曲调是早已没有了，想寻求文字与另一种旋律的结合，自然首选书法。

王学岭先生是当代书坛名家、历史文化学者。近些年，他深研古体诗词和书法理论，建树颇多，其书法作品学养深厚，古穆奇迈。请他来书写《陈风》十首，与拙论一并付梓，以别有韵致的学者书法来抑扬顿挫春秋古风，不失为一件关乎风雅的清爽事。

近期，学岭先生正受中国书法家协会委托，为北大方正字库书写字模。这是一项书法艺术广泛引领社会文化认知的工程，是一个时代的文化担当。学岭先生在俯身大国文化重器之余，又精心书写了这十首诗寄来。学人襟怀，山高水长；朋友之谊，清风朗月。

2022 年 7 月 2 日

目　录
CONTENTS

宛丘

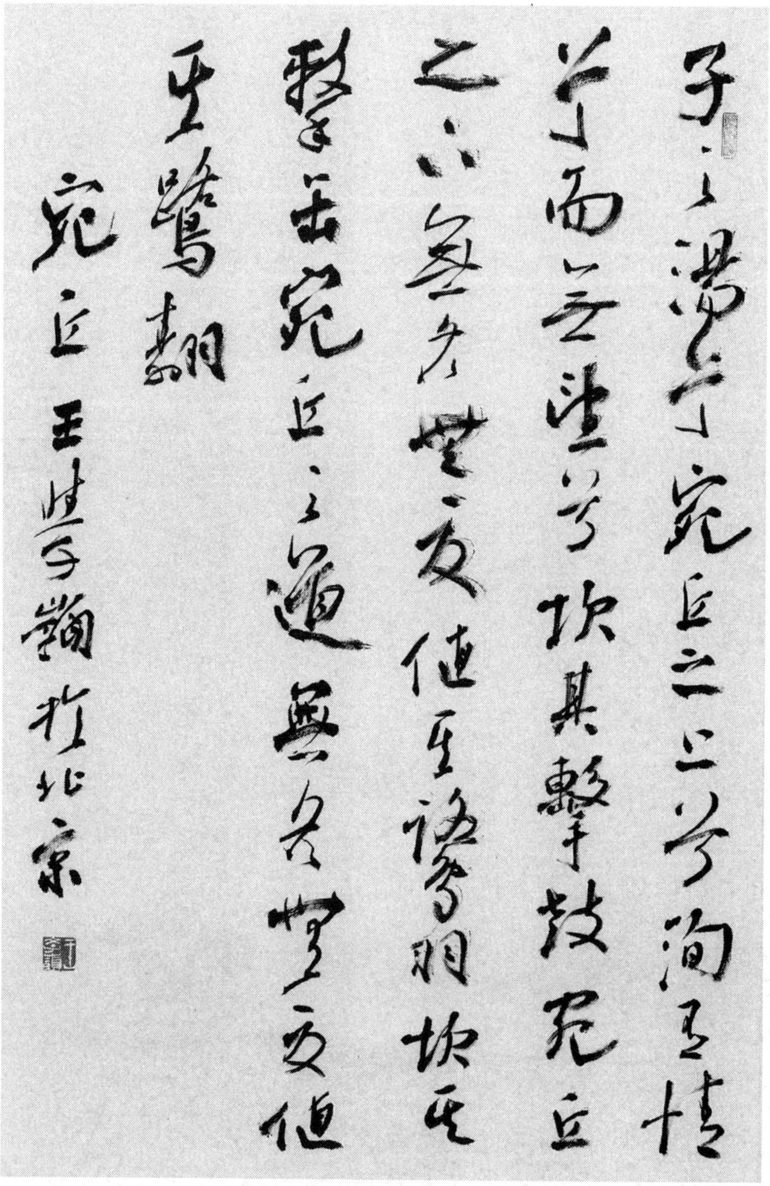

宛丘　　王学岭书

宛　丘

子之汤兮，宛丘之上兮。[①]

洵有情兮，而无望兮。[②]

坎其击鼓，宛丘之下。[③]

无冬无夏，值其鹭羽。[④]

坎其击缶，宛丘之道。[⑤]

无冬无夏，值其鹭翿。[⑥]

【简　注】

①子：指在宛丘之上跳舞降神的女子。《诗经》中“子”的使用含义大致分为四种，即青年女子、男子的美称、老师或有学问道德的人、姓氏。

汤：同“荡”，舞姿蹁跹摇摆的样子。

兮：古诗辞文赋中的语助词，表示感叹或停顿，近于现代汉语中的“啊”，在《诗经》《道德经》《楚辞》及汉赋中多有出现。因其有着较强的感情色彩和鲜明的节奏感，《诗经·国风》中使用频次较多，《小雅》中偶有出现，《大雅》《颂》诸篇则鲜见矣，这与风、雅、颂不同的内容表达、作者身份和传诵环境有关。

宛丘：古丘阜名，在今河南省周口市淮阳区。《尔雅·释丘》：“丘上有丘，为宛丘。”西周至春秋时的陈国，都城紧邻此丘。

②洵：确实的意思。《毛诗诂训传》：“洵，信也。”

无望：没有什么希望。一解为讽刺“子”虽有放荡之姿却无可瞻望之仪，似有牵强。

③坎其：即“坎坎”，拟击鼓或击缶之声。《诗经》中多处出现“坎坎”这一象声词，表达击打之声的响亮。

④值：通“持”或“植”，手中拿着或身上戴着。《毛诗诂训传》：“值，持也。”颜师古《汉书注》：“值，立也。”

鹭羽：鹭鸶鸟羽毛制成的舞具。

⑤缶：音 fǒu，泥土烧制的盆状器物，击打有声，古时或作乐器用。朱熹《诗集传》：“缶，瓦器，可以节乐。”

⑥翿：音 dào，用禽类羽毛制成的扇形或伞形舞具。

【诗 译】

你无边曼妙的舞姿
精灵般飘荡于宛丘之上
牵动我绵绵相思
却在旷野中独守那份
冷寂的无望

时急时缓的鼓声
在宛丘上下久久激荡
任它冬日飞雪夏日清风
伴你洁白的鹭羽伞儿
舞动飞扬

时远时近的瓦缶声
在宛丘古道坎坎回响
你舞在杨柳依依舞在雨雪霏霏
如云的鹭羽伞儿
映你如惊鸿霓裳

【散　论】

宛丘，古丘名，本是一种地形地貌名称，后成专用地名，有狭义和广义之分。

狭义的宛丘，指位于古陈国都城（在今河南省周口市淮阳区）东南五里处的古丘阜。据传，此处为人文始祖太昊伏羲氏建都的地方，《竹书纪年》《路史》等史书均称“太昊伏羲氏都宛丘”。只是这些书的严谨性和史料价值有限，多不为严肃的历史研究所采用。这里所谓“都”，也大致可理解为伏羲部落的中心活动区域。

广义的宛丘，指今周口市淮阳区。因是人文胜地，代有沿称。隋代置宛丘县，后“宛丘”一词渐成尚古的人文概念。如宋代诗人张耒久居陈州，称宛丘先生。

《陈风·宛丘》篇中所写，即是狭义的宛丘。

宛丘的历史风貌如何？史书对此记载不详，《宛丘》诗句又仅给我们传递舞姿的画面和“坎坎”的背景音。但近年的考古发掘，却让我们获取了大量原始先民的生存讯息，渐次还原着华夏文明早期的创造与辉煌。

不知始于何时，宛丘这个地方改称平粮台。合理地推测一下，应该是在清代中期以后，地方文化人热衷于总结命名“七台”“八景”一类，于是，把这个地势凸起、风景怡人，又有着历史感的地方归为一台，或是迎合民意，附会了宋代名臣包拯的传说，取名为平粮台了。

20 世纪 70 年代末，平粮台古城遗址被发现。

在距台丘地表五六米的土层下，陆续出土了一批距今 6300 年左右的仰韶文化时期的器物，这已与传说中伏羲部落的活动年代接近。在这一地层之上，是保存较好的距今 4300 年左右的龙山文化时期古城遗址，中轴对称，规划有序，设施井然，更是直观地展示了这里的“自古繁华”。

经过 40 余年的不断发掘发现，平粮台古城遗址相继被定为全国重点文物保护单位，被评选为“2019 年度全国十大考古新发现”之一。

宛丘之下，瓦缶有声；宛丘之上，风云际会。世人的目光，被一次次引向这片兀然于原野之上的高地。

公元前 1046 年，西周立国。周武王封舜的后裔妫满为陈侯。妫满放弃宛丘这一“太昊之墟”，营建并迁入陈国新的都城，即此后 3000 余年不曾迁移过的淮阳古城。宛丘不再是一座人口密集的城市，却因其紧邻陈国都城，四周环境优美，尤其是高出地面 5 米左右，在坦荡无垠的黄淮平原上已属山丘

（《山海经·大荒南经》即谓之“陈州山”），渐渐成为陈国人春游踏青、祭祀祈福的绝佳去处。陈奂《诗毛氏传疏》认为：

陈有宛丘，犹之郑有洧渊，皆是国人游观之所。

这与《墨子·明鬼》所记载的“燕之有祖，当齐之社稷，宋之有桑林，楚之有云梦也，此男女之所属而观也”相互补充，说明当年各诸侯国皆有聚会览胜之所。

于是，有了风景，有了人物，有了内心的期待与激荡，便自然有了《宛丘》这样的诗作。

班固《汉书·地理志》载：

陈本太昊之虚，周武王封舜后妫满于陈，是为胡公，妻以元女大姬。妇人尊贵，好祭祀，用史巫，故其俗巫鬼。《陈诗》曰：“坎其击鼓，宛丘之下。亡冬亡夏，值其鹭羽。”……此其风也。

这与《陈谱》记述的“大姬无子，好巫觋祷祈鬼神歌舞之乐，民俗化而为之”相互印证，共同成为本诗产生背景的最好注脚。

陈国作为西周初期最早分封的公侯级大国，地广人多，为中原富庶地区，经济、文化都很发达。为了求得风调雨顺、安居乐业、增丁去病，人们常常虔诚地以他们认为隆重恭敬的形式，比如盛装的舞蹈，去祭天祈神。

陈国位于黄河文化和长江文化的交会地带，文化上不可避免地受到南方部族好巫觋、喜舞祀特点的影响，因此，这里巫风颇为盛行。加之胡公的夫人、周武王的长女大姬信奉此道，引领时俗，使得许多青年女子都学习巫舞，有些直接以歌舞降神为职业。《说文解字》细考“巫”的小篆字形，称：

> 巫，祝也。女能事无形，以舞降神者也。

从文字辨析入手，解释了“巫”的性质、形式、从业要求，解释了巫舞这种文化现象。至今在淮阳民间，还保留着一种原始巫舞“担经挑”。1934 年版的《淮阳太昊陵庙会概况》记载：“三五个妇女，在大殿前，随唱随作各种走式，从外表看是巫婆唱耍，其实就其本身说来，纯粹是一种娱神的动作。”这完全像是“子之汤兮”的现代版和群舞版。

需要说清楚的是，在远古和上古时期，巫不是愚昧落后的表现，反而是当时先进文化和先进生产力的代表。巫师的行为，以及由此形成的巫风，蕴含着丰富的天地鬼神信仰，影响着原始社会不同氏族部落的生产生活，也影响着夏、商两个奴隶王朝的主要国务和社会活动。后世的宗教、天文、历算、医术、诗歌等，也多起源其中。

到了西周时期，颁行礼乐制度，强调君主与伦理的社会主宰价值，崇尚“超自然力”的巫术的影响渐渐弱化。但在偏远的楚地和与之接壤的陈地，巫风依然盛行，巫依然是受人尊重的职业。《论语·子路》中孔子讲过一句话：

南人有言曰：“人而无恒，不可以作巫医。”善夫！

说明了当时南方人对巫的崇尚，也说明了孔子对这种崇尚态度的认可。在临近夏南之地的陈，巫的社会影响力仍然强大。这在《陈风》诸篇中，多有表现，《宛丘》一诗，尤有代表性。

全诗共三章，首章与二、三章在内容表达和感情抒发上不同。首章体现“放”，直抒胸臆，略无婉曲；二、三章则“收”，白描状物，不著情字。戴君恩《读诗臆评》认为三个章节“一之声曼，二、三之响切，真是流商变徵”。牛运震《诗志》则把三个章节的关系讲得更为明白：“一头两脚，一曲两直，别格活调。”

诗的第一章，直观写出了诗人所看到的巫女摇曳飘荡的舞姿，抒发了对她的爱慕之情和“无望”的失落。

开篇“子之汤兮，宛丘之上兮”，一改风诗常用笔法，不比不兴，直接交代人物，点明地点，描写动作，让我们看到在平坦开阔的宛丘之上，在蓝天白云的映衬之下，一个神秘而美丽的巫女在翩翩起舞。不蔓不枝，为下面的抒情和记叙留足了空间。

巫女，置身于特定季节、特定场所，置身于宛丘之上的无限风物，其动人舞姿自然勾起诗人的爱慕之意。诗人毫不掩饰地坦承自己确实动了感情，但同时，也保持着足够的理智，意识到自己与巫女之间的距离太大了。这种距离究竟是什么？是家世背景，是社会地位，还是年龄职业？我们无从考证，无法猜测，但这距离已大到无法逾越的地步，让诗人不能走近，不能表白，不能憧憬未来。于是，诗人怅然叹息“而无望兮”，真情刚刚萌发，就陷于无边的绝望，我们可以想象，诗人在晴朗的春日里，心中是何等阴霾重重。

诗的二、三章，表面看都是写巫女在歌舞，实则是在表达诗人的苦恋。

巫女时而在鼓声中舞于宛丘之上，时而在缶声中舞于宛丘之道。天高野阔，无处不是她的舞台；鼓振缶鸣，无时不回响在诗人心中。

巫女有时手持鹭羽扇子，在夏日的骄阳下起舞；有时戴着鹭羽伞，在冬日的寒风中起舞。一年四季，她虔诚地以她的歌舞祭天祀神，为人们祈求平安；一年四季，诗人的眼光一直远远地追随着她，在无望中守望。

这样的无处不舞、无时不舞，无论是普通人的自发行为，还是巫师的职业行为，都以舞者高度的虔诚、认真、坚持，呈现出一种超越于曼妙身姿的人格的美。可能这才是真正打动诗人的地方。

对于祭祀时的舞和佩饰，周代分得很细。《周礼·乐师》记载："凡舞，有帗舞，有羽舞，有皇舞，有旄舞，有干舞，有人舞。"《周礼·舞师》又说，帗舞为"社稷之祭祀"，羽舞为"四方之祭祀"，皇舞为"旱暵之事"。东汉郑司农注："帗舞者，全羽。羽舞者，析羽。皇舞者，以羽冒覆头上，衣饰翡翠之羽。"

这些记载与注疏，看似具体规范，却仅限于周王室的活动，很难及于诸侯，尤其是东周之后，尤其是卿士以下的民众。所以，我们今天理解《诗经》等先秦文献中的舞祭，不必按照《周礼》去对应，只需要知道，鸟羽和羽制品是重要的舞具，以助舞者通神。

诗中写到的两种乐器——鼓和缶，都是打击乐器。鼓在今天仍然常见，形状、音质、制作材料、音乐原理等都变化不大。春秋时代的鼓，同现代的一样蒙以兽皮，只是鼓身和边框有陶质、木质和铜质之分，因拥有者身份和使用环境的不同而形成差别。乡野之间、庙堂之上，都可以"坎其击鼓"。而缶作为一种简陋的瓦质乐器，曾经被古人使用过3000余年，今天则早已退出乐器行列。两种乐器都是只能打节奏，不能形成旋律，且都是操作简便，一人一器而已。

《诗三百》时代的乐器已经很丰富，能够演奏宫、商、角、徵、羽复杂的曲调。《小雅·鼓钟》中有“鼓钟钦钦，鼓瑟鼓琴”句，描绘了琴瑟钟磬交响的场景。陈国素重礼乐，乐器的使用应该很广泛。近年来，在《陈风》的诞生地，今周口市淮阳区，曾出土多件先秦时代陶类乐器；周口市鹿邑县的长子口墓，曾出土仍能正常演奏的春秋时代骨排箫。

有繁而不用，着意于简；有琴瑟而不用，着意于鼓缶；有五音而不用，着意于“坎坎”。在简约质朴中起伏的背景音乐，透过穿越四季的绚美画面，直击读者心灵。

这两章中，诗人没有再写自己的心理感受，没有再表达痴情和绝望。看似客观冷静的文字间，无论是坎坎的鼓声，还是那飘飞的鹭羽，无论是白描的坚持，还是未着笔墨的虔诚与纯净，无不凝聚着他深沉的情怀。那份爱而不得，那般独守冷寂默默关注的执着与苦涩，带给我们深深的感动。

单从字面内容看，二、三章正写出了陈国巫女“作歌乐鼓舞以乐诸神”（王逸《楚辞章句》）的全部场景。屈原《九歌·东皇太一》描述了春秋战国时期楚地百姓祭祀春神的情景：

扬枹兮拊鼓，疏缓节兮安歌，
陈竽瑟兮浩倡。
灵偃蹇兮姣服，芳菲菲兮满堂。
五音纷兮繁会，君欣欣兮乐康。

击鼓、起舞、作歌、盛妆等，这与《宛丘》诗篇中描写的陈地祭祀活动十分相似。

祭天祈神，是那个时代共有的重要社会活动和民众精神寄托，但也在不同地域、不同邦国、不同部族之间，存在祭祀对象、形式等方面的差别。《陈风》和《楚辞》虽然文字风格不同，但在不少内容细节上，透露出陈地与楚地文化上的相互影响与渗透。这对我们今天理解《陈风》中的不少篇章是有重要意义的。

这是一首特定民风民俗背景之下的爱情诗，文字传递信息清晰，感情表达真挚，我们可以从中感悟到很多美好的东西。宛丘清旷之美，女子舞姿之美，鼓缶节奏之美，无冬无夏的坚持之美，默默守望的痴情之美，一并引领着我们穿越三千年时空，登临宛丘之上。

但史上注诗家，却刻意要将我们的视线引开。

《诗序》说："《宛丘》，刺幽公也。淫荒昏乱，游荡无度焉。"莫名一"刺"，深扎千年。自此，历代无数解经家就相沿成习，很少有人再离开这根指挥棒。朱熹未断言指谁，但仍持"刺"说："国人见此人常游荡于宛丘之上，故叙其事以刺之。"（《诗集传》）方玉润《诗经原始》中否定了"刺幽公"一说，提出是"刺上位游荡无度也"，仍是未脱"刺君刺上"之窠臼。今人高亨在《诗经今注》中认为："陈国巫风盛行，这是一篇讽刺女巫的诗。”认识上虽然有大的跨越，但仍坚持这首诗的“战斗性”。

傅斯年《〈诗经〉讲义稿》提出“《宛丘》，形容舞者之辞”，拔掉乱“刺”，以艺解诗，显然是走上了尊重诗歌本意的正路。

至余冠英《诗经选》，方切入“情”字，号准脉象，回归到《宛丘》诗义的本源：

> 这篇（《宛丘》）也是情诗。男子词。诗人倾诉他对彼女的爱慕，并描写她的跳舞。

董仲舒所谓“诗无达诂”是很有道理的。《诗三百》年代本就久远，又源自不同地域，《诗》的汇集编纂中不免有斧削朱改。《诗》流传之初，已是断章取义成风。《左传·襄公二十八年》即称：“赋《诗》断章，余取所求焉。”后代注释者又往往权衡众说，结合己意，选取自认为最贴切、最能体现原意的说法。这中间，还夹杂有自西汉武帝“独尊儒术”后政治伦理的重大需要。而诗歌文体的含蓄，加之赋比兴的虚实交错，也容易引发艺术鉴赏中的不同感受，甚至于“兴发于此，而义归于彼”（白居易《与元九书》）。

所以，各种论诗观点的偏颇与摇摆自然难免，只是在《宛丘》的解读中表现较为充分罢了。

《孔子诗论》是近年出土的战国时代的断简残篇，保存了孔子讲授《诗经》的原始记录，是早期儒家对于《诗经》的诠释，没有涉及美刺、比兴、讽谏概念，相较传世文献，更为纯净。其中清晰记载：

> 孔子曰：《宛丘》吾善之……《宛丘》曰“洵有情，而无望”，吾善之。

肯定了诗中这份感情和对于感情的态度，合乎“发乎情，止乎礼”的理念，对于以往的解注视线，应有校正引导之效。

由《宛丘》诗义理解的千年之变可知，读懂一首诗尚且如此，读懂一个人、读懂一段史，更属奢谈。

诗无达诂，人无真身，史无足信，一切形成的认识，都是在不断发展的。

东门之枌

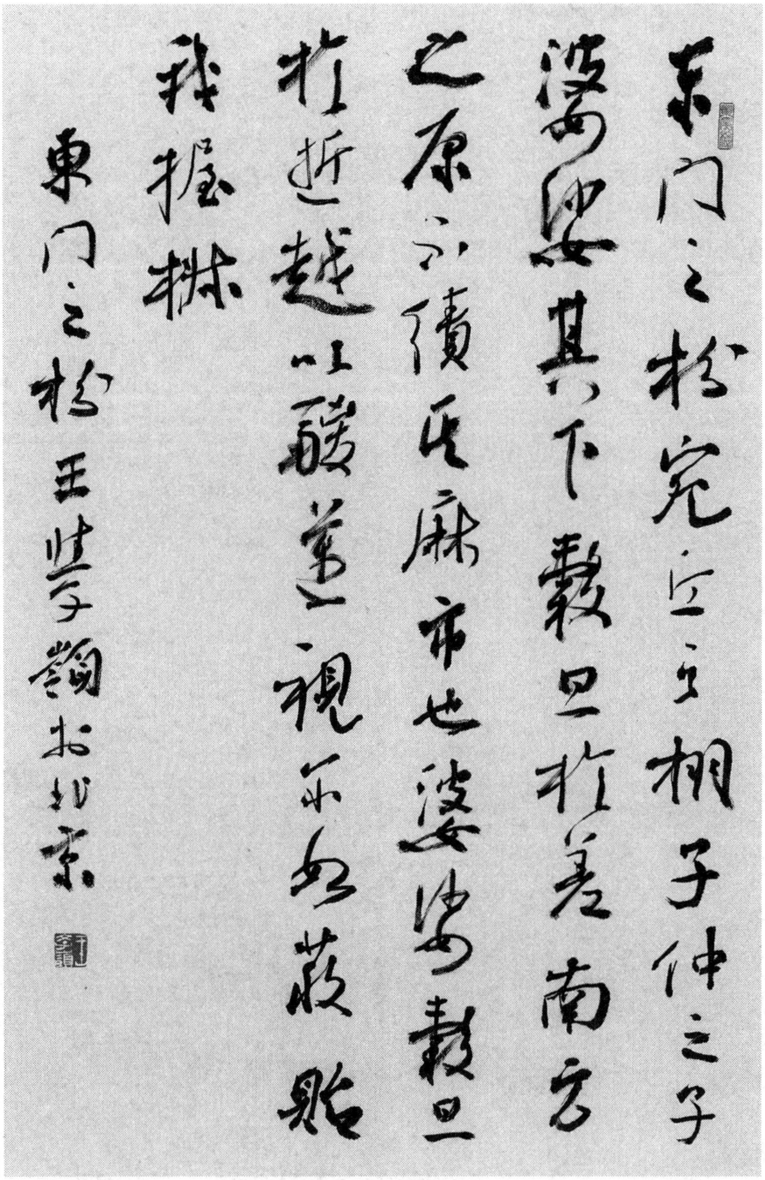

东门之枌　　王学岭书

东门之枌

东门之枌，宛丘之栩。[①]
子仲之子，婆娑其下。[②]

榖旦于差，南方之原。[③]
不绩其麻，市也婆娑。[④]

榖旦于逝，越以鬷迈。[⑤]
视尔如荍，贻我握椒。[⑥]

【简　注】

①东门：陈国都城的东城门。由此出城，东南行五里，即为宛丘。

枌：音 fén，白榆树，中原地区自古广为种植。

栩：音 xǔ，柞树，常绿树种，木质坚硬，是古时制作家具、农具的重要材料。

②子仲：陈国一个贵族的姓氏。《毛诗诂训传》："子仲，陈大夫氏。"

子：女儿。

婆娑：音 pósuō，舞姿盘旋摇摆的样子。婆，亦作"媻"。

③穀旦：吉利的日子。穀，音 gǔ，善、好之意。

于：语助词。

差：音 chāi，选择。郑玄《毛诗传笺》："差，择也。"

原：高而平坦的地方。这里应指宛丘。

④绩：把麻搓捻成线或绳。春秋时最常见的女工。

麻：古代专指大麻，其皮纤维可捻线织布。《礼记·内则》："执麻枲，治丝茧，织纴组紃。"

市：街市、集市。

⑤逝：去、往之意。

越以：发语词，即"于以"。陈奂《诗毛氏传疏》："《采蘩》《采蘋》《击鼓》皆云'于以'，此云'越以'，皆合二字为发语之词。"

鬷：音 zōng，屡次、数次。

迈：行、去之意。

⑥荍：音 qiáo，植物名，即锦葵，开淡紫色或白色的花。

贻：赠送。

握：一把。

椒：花椒。古人常用的香料，也是祭神之物。王逸《楚辞章句》："椒，香物，所以降神。"

【诗　译】

东郊清旷
连片的白榆树叶茂枝繁
宛丘屹然
密密的柞木林生机无限
子仲家的女儿像春的使者
在绿荫之中舞姿翩翩

选择吉祥如意的日子
瑞气盈怀，春风相伴
我们向阳而行
一同登上那宛丘之原
暂时放下劳作的辛苦
和踏青祈福的人们歌舞狂欢

良辰易逝

眼前的一切恍如梦幻
我一次次回首
一声声呼唤
你如锦葵花般
明艳而魅惑
赠我的花椒，在灵魂深处
香气弥漫

【散　论】

《东门之枌》是一首有着真挚感情色彩和浓郁生活气息的民间情歌，更是一幅描绘生动的陈国风俗画。

对于此诗，历代很多评《诗》者认为是刺诗。年代较早的，如《诗序》称："《东门之枌》，疾乱也。"将正常的情感抒发，无端地斥为"疾乱"，缺乏立论依据，显然是偏激得过了头。而到了明清时代，又说此诗是刺"巫觋盛行"，清人方玉润在《诗经原始》中便极力鼓吹这种观点，称"此诗分明刺陈俗尚巫觋"，同样令人难以苟同。倒是宋理学大家朱熹说了句公允话，他在《诗集传》中认为：

> 此男女聚会歌舞，而赋其事以相乐也。

比较准确客观地领悟了诗意，点出了诗的主题。

陈国都城东门外，绿树成荫，湖水潋滟，景色怡人。不远处，宛丘在望，更是充满着神秘的诱惑。每至仲春季节，陈国百姓便纷纷聚向这里，踏青游春，载歌载舞，降神祈福，祷告于天地鬼神。年轻人便在这轻松欢快的气氛中，相互认识，相互了解，选择称心如意的爱人。

《东门之枌》正表现了这种特定季节、特定场景、特定氛围之下，青年男女之间纯真健康的感情，也从侧面反映了当时陈国巫风盛行的人文现象。

这首诗共三章。

第一章，诗人用一个内容丰富、色彩感和动感都很强烈的长镜头，给我们展示了场景和人物：东门之外，一排排繁茂的白榆树，在风中抖动着无限的生机；风景宜人的宛丘周围，棵棵相连的柞木绿枝成荫。在这枝叶摇曳、春意盎然的背景下，子仲家的姑娘在忘情地翩翩起舞。正是那比无尽绿色更有生命活力的姑娘的舞姿，深深地叩动着诗人的情怀。

这一章节文字，写到了两个树种：榆木和柞木。既是写实景实物，也是在对比赋事，渲染气氛。白色的榆木，高可达五六丈，秋冬季落叶；深色的柞木，相对低矮，四季常青。两类树木高低错落，景致各异，却共同以其蓬勃的生命活力，铺陈出诗人情绪飞扬的底色。

还应该注意到一点，就是当时陈国郊外大面积生长着榆木、柞木，这是一种自然生成与人工种植共同形成的现象。固然是这里的气候环境与土壤条件适宜榆木、柞木生长，但更重要的是，在当时生产力条件下，榆木、柞木是人们建造房屋，制作家具、农具、兵器的主要用材，榆木的树皮纤维还可以代麻使用。较大的生产需求和广泛的社会用途，决定了“东门之枌”“宛丘之栩”的无限生机。

第二章，表现诗人与“子仲之子”的相约出游。选择一个吉祥明媚的日子，放下辛苦的劳作，来到古木参天、绿草如茵的“南方之原”宛丘，和无数欢乐的人一道载歌载舞。

选择吉利的日子，是古人做事的重要前奏，也被视为做事顺利的保障。不仅立君、祭祀、征伐这样的大事要择吉日，就是郊游、出猎、秋收等日常生活与劳作安排，也要选择吉日。《诗三百》时代尤其如此。

不过，“穀旦于差”的吉日选择办法并不复杂。

古人以天干计日，甲、丙、戊、庚、壬五日为奇数日，属阳刚，故称“刚日”，其余乙、丁、己、辛、癸五日为偶数日，称“柔日”。《礼记·曲礼上》云“外事以刚日，内事以柔日”，认为宜于“外事”的刚日为吉日。《小雅·吉日》中“吉日维戊”“吉日庚午”，就明确表示了为刚日的戊日、庚日是吉日。

对于刚日与柔日的不同工作学习内容安排，曾国藩的观点颇值得琢磨玩味。他自述“余定刚日读经，柔日读史之法”（《曾国藩家书》），一方面强调自己无日不读书，另一方面则是说明：当心情躁动难守时，读经书以养性；当内心沉郁压抑时，读史书以励志。不过，这种选择的微妙，与《陈风·东门之枌》中的择吉日而狂欢，大异其趣矣。

“不绩其麻”中的“绩麻”，可作两方面理解。一是指绩麻捻线这种常见的女子劳作内容。把麻缕搓捻成线，再织作衣料，在我国已有数千年历史。近年考古发掘的大量新石器时代、夏商周至秦汉遗址中，常见陶制或石制的捻线工具——纺轮。就在宛丘旧址，今天称作平粮台古城遗址的地方，曾发现带有刻画符号的陶纺轮（有人提出这一刻画符号是“离卦”符号。把两个简单刻画的线条解读为需整组配套使用的卦象，既没有其他符号佐证，陶纺轮更不是占卜之物，这种解读显然牵强），也从一个侧面说明，这里的绩麻之事古已有之。二是不专指绩麻捻线，而是泛指当时女子的日常生产劳作。

麻，是这首诗中提及的第三种植物，也是《诗经》中多次写到的植物。麻在中国古代相当长的时间内，与社会生活密切相关，是人们制作服装的主要原材料。麻衣，是古人的常服，诸侯、大夫、士平时闲居时所穿均为麻衣。所以，绩麻是一种日常劳作。麻的种植面积也是有保障的，就像今天需要稳定粮食种植面积一样，古代社会统治者会根据土地气候的适宜性来分配桑田和麻田。可见，“把酒话桑麻”，聊的就是营生，就是温饱。

这一章节写到的“市”，也就是我们今天的街市、集市，这是个城市发展的概念，也是个商品经济的概念。春秋中后期的陈国，经济生活受楚国影响很大，商品生产与交换日益发展。《左传·宣公十二年》载：

昔岁入陈……商农工贾不败其业。

可见当时的陈国，各业分工有序，商业颇为兴旺。

近50年考古发现中，相继在周口地域内，出土有大量春秋时期的贝币，还有楚国的“郢爰”金版、“空首布”银币、“蚁鼻钱”，齐国的“即墨之法化”刀币，等等。这些曾经广为流通的货币，无不见证了陈国当年商业的发达。

在这种背景下，“市”，也是陈国最为繁华、最有烟火气的地方。在这里摇曳起舞，无论是展示青春之美，还是职业与信仰之下的祈福降神，都会招来更多的关注，引发更为强烈的共鸣。

第三章，写诗人感情的付出，终于有了令人欣慰的回音。他一次又一次地邀约“子仲之子”去那“南方之原”游乐歌舞，由衷赞美她锦葵花一般美丽的容颜。姑娘为诗人的坦诚坚持所打动，把始终紧紧握在手中、时时接引神灵的香料，慨然赠与诗人。

全诗到此戛然而止。诗人接受了礼物，是否又“报之以琼瑶”？姑娘赠送了花椒后，是牵手，还是转身？作者没有着笔，把无尽遐想留给后人，含蓄隽永，韵味悠长。

“越以鬷迈”，是这首诗中拗口难解的一句，有人释作

“屡屡前往”，有人释作“远与众行”，有人释作“前去会合”，等等，都是似通而似又不通。无论作何解释，这在诗意表达上，都是一个过渡的句子，让我们可以忽略它的“达”与“信”，甚或可以忽略传抄中的笔误。

这一章节，又写到了两种植物——“荍”与“椒”，即锦葵花和香花椒。

《诗经》中，以不同的鲜花之美比喻女子容颜仪态的有多处，因地域不同、季节不同、习俗不同而各擅胜场。

《周南·桃夭》中的“桃之夭夭，灼灼其华”，以桃花喻女子，明艳逼人，占《诗三百》以花喻人之先，亦是“开千古词赋咏美人之祖”（姚际恒《诗经通论》）。但《周南》毕竟是“正始之道，王化之基”，诗的格调典雅纯正，桃花之喻也是以比兴的形式出现，真切而含蓄。

《郑风·有女同车》中“有女同车，颜如舜华”，以木槿花喻之；《郑风·出其东门》中“有女如荼”，以白茅花喻之。《郑风》坦率奔放，既直言女子如花之貌，又写出其轻盈柔美身姿，较之《周南》，已无暇掩饰矣。

《魏风·汾沮洳》中“彼其之子，美如英”，以盛开的鲜花喻之，不言什么花，不分形状色彩。魏国处于今山西中部，土地瘠薄，民众尚义，诗风也多忧思怨愤，直抒胸臆。

《陈风·东门之枌》中这句“视尔如荍”，以淡紫色或白色的锦葵花喻女子容貌，美则美矣，但总有些许诡异的感觉，似是对审美视野的一次拓展。这大概也是陈地南邻楚国，受楚人风俗影响而多异趣的缘故吧。

青年男女之间的相赠，未必是送定情物，未必是送信物，只是“以我所爱，与你共享”的自然表达。无论是《邶风·静女》中的“贻我彤管”，《卫风·木瓜》中的“投我以木桃”，还是本诗中的“贻我握椒”，都是如此。只是较之“彤管”之色，“木桃”之味，香花椒则带有更深的意味。

在先秦的陈地风俗中，香花椒是迎神祈福所用的“礼器”，不是一般的舞具，更不是生活中的调味品。屈原《离骚》中写有：

巫咸将夕降兮，怀椒糈而要之。

邀约神灵所用的花椒，自是带了虔诚与恭谨。

“子仲之子”“贻我握椒”，是真切之举，慎重之举。所赠之物花椒，也是与女子身份、此时场景和所要表达的感情完全契合的。而清人方玉润却认为，赠椒之举“与《郑·溱洧》之采兰赠勺大约相类，而鄙俗荒乱，则尤过之”（《诗经原始》）。不探究当时地域民风，不了解祭祀之物的精神分量，仅以清时兰花、芍药之姿与日常生活用品花椒的不同，便指斥当时陈人赠椒为“鄙俗荒乱”，则又见旧时学者的视野狭窄与立论武断。

舞动全诗的“子仲之子”，究竟是谁家女子？西汉毛亨、毛苌首先认为“子仲”是陈国的贵族。后世多从此说。至于“子仲”具体是一个什么样的人物，则已无从考证。

1975 年，在河南省商水县（春秋时属陈国）出土了一件青铜簠，盖内有铭文 28 字，显示这是一个名为原仲的贵族为女儿所制陪嫁物。另有《春秋·庄公二十七年》载：“秋，公子友如陈，葬原仲。”说明鲁国重臣季友与这位原仲交情不薄。有学者据此提出，《陈风·东门之枌》中的“子仲”，即是陈国大夫原仲。这一观点明显缺少论证环节，过于草率。

也有学者从需要从事“绩麻”劳作来推论，认为“子仲”不具有贵族身份，应出身普通人家。而历史却不能这样推论。《国语·鲁语下》载：“公父文伯退朝，朝其母，其母方绩。”可知当时贵族士大夫之家的妇人，也是要从事“绩麻”劳作的。

既然历史真相已无从考证，诗歌又是一种富于想象的文学形式，我们也不必执着于“子仲”的真实身份与面目。“子仲之子”，只是泛指陈国美丽而充满朝气的女子，御陈风而起舞，穿越千年，犹自婆娑。

衡门

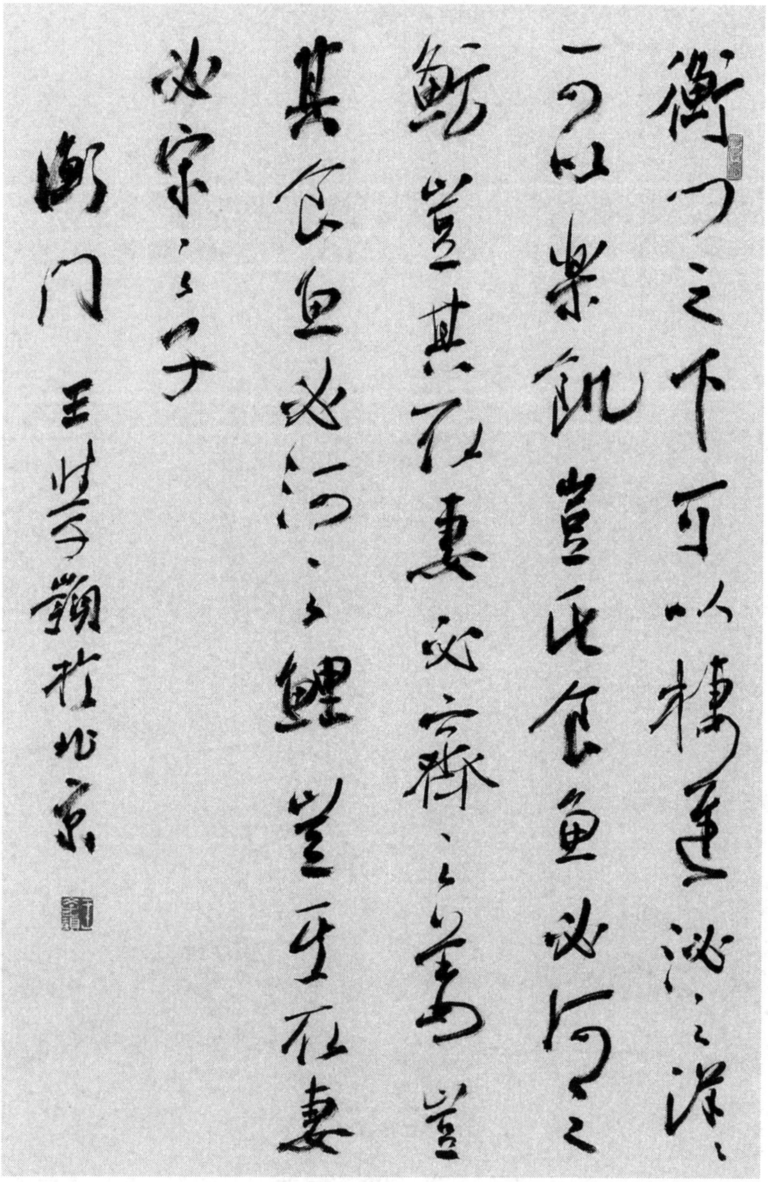

衡门　　　　王学岭书

衡　门

衡门之下，可以栖迟。[①]
泌之洋洋，可以乐饥。[②]

岂其食鱼，必河之鲂？[③]
岂其取妻，必齐之姜？[④]

岂其食鱼，必河之鲤？
岂其取妻，必宋之子？[⑤]

【简　注】

①衡门：简陋的居处。衡，通“横”。《毛诗诂训传》：“衡门，横木为门，言浅陋也。”一说为陈国城门名，应无所据。

栖迟：栖息停留，意即长久容身居住。

②泌：本义是泉水流得很快的样子。抑或指古时陈楚之间的泌河。后人作注，多谓陈有泌丘，当是臆断，似不可取。

洋洋：水流盛大的样子。

乐饥：充饥的意思。乐，同“疗”。许慎《说文解字》：“𤻲，治也，或作疗。”《毛诗诂训传》：“乐饥，可乐道忘饥。”亦为一解。

③河：这里指黄河。《诗三百》时代，“河”还不是专指黄河，如《魏风·伐檀》：“置之河之干兮。”

鲂：一种鱼，名贵而肉味鲜美。

④取：通“娶”，下同。

齐之姜：姜为齐国国姓，此处指齐国贵族的女儿。

⑤宋之子：子为宋国国姓，此处指宋国贵族的女儿。

【诗　译】

架起横木，为简陋茅舍
迎来原野的风
我安闲地栖息
安然地入梦

门外河水潺潺流过
在鹭影雁声中不舍昼夜
无限天机里
忘却孤独和清冷

浊酒陶杯，不羡黄河鲂鲤
蔬食鲜美，一任青草鲢鳙

迎娶的女子
无须齐姜宋子般名门美艳
质朴而贞顺
更能相伴天边明月
携手风雨人生

【散　论】

《衡门》是一首道家思想气息扑面而来的隐者的长歌，它使我们透过当世耽于名利、追求奢华的社会风气，看到了另一类人物少私寡欲、安贫乐道、随缘清逸的精神气度。这与老子的“抱朴”、孔子的“贫而乐”，有着相同的内核。

对于这首诗主旨的理解，历来也是多有分歧。

《诗序》说：“诱僖公也。愿而无立志，故作是诗以诱掖其君也。”但细品全诗，却毫无“诱掖”的影子。清人方玉润《诗经原始》对此分析得很有道理：“夫僖公，君临万民者也，纵愿而无立志，诱之以政焉而进于道也可，奈何以无求于世之志劝之？岂非所诱反其所望乎？”《诗序》对于《衡门》的立论，过于秉持讥刺一说，言而无据，虽先声而未能夺人。

有学者称，这首诗是一个没落贵族沦于贫贱、愤懑不平的无奈叹息。郭沫若即沿袭此说，他在《中国古代社会研究》中指出：“这首诗也是一位饿饭的破落贵族作的。他食鱼本来有吃河鲂河鲤的资格……但是贫穷了，吃不起了。他娶妻本来有娶齐姜宋子的资格，但是贫穷了，娶不起了。娶不起，吃不起，偏偏要说两句漂亮话，这正是破落贵族的根性。”而《衡门》诗句间体现出的，是怡然自得，并没有明显的怨愤。以这种社会发展的批判性来解题，显然也不合拍。

这两种观点在历史上都曾有一定影响，但细细琢磨一下，它们都是从某种社会需要的角度来理解这首诗，或者是从《雅》《颂》的主旨取向来理解《风》，显然失之偏颇。

同为汉代传授《诗经》的大家，韩婴对这首诗的理解不同于毛公。《韩诗外传》记载有一段孔子与弟子子夏的对话，生动揭示了这首诗的题意：

> 子夏读《书》已毕。夫子问曰：“尔亦可言于《书》矣。”子夏对曰：“《书》之于事也，昭昭乎若日月之光明，燎燎乎如星辰之错行，上有尧舜之道，下有三王之义，弟子所受于夫子者，志之于心不敢忘。虽居蓬户之中，弹琴以咏先生之风，有人亦乐之，无人亦乐之，亦可发愤忘食矣。《诗》曰：‘衡门之下，可以栖迟。泌之洋洋，可以疗饥。’”夫子造然变容曰：“嘻！吾子殆可以言《书》已矣。”

可见在当时，《衡门》就已是守于心、守于道者的共鸣之音。汉末蔡邕《述行赋》中“甘衡门以宁神兮，咏都人而思归”，也表达了相同的意思。宋人朱熹《诗集传》明确指出这首诗为“隐居自乐而无求者之词”，应是更为接近诗作者的原意。

清人崔述在《读风偶识》中写道：

衡门，贫士之居。乐饥，贫士之事。食鱼、取妻，亦与人君毫不相涉。朱子之说是也。细玩其词，似此人亦非无心仕进者，但陈之士大夫方以逢迎侈泰相尚，不以国事民艰为意。自度不能随时俯仰，以故幡然改图，甘于岑寂。谓廊庙可居，固也，即衡门亦未尝不可居；鲂鲤可食，固也，即蔬菜亦未尝不可食；子姜可取，固也，即荆布亦未尝不可取。语虽浅近，味实深长，意在言表，最耐人思……恬吟密咏，可以息躁宁神。

这番话对于世风人心深加剖析，品味会意，将弦内弦外之音有机调和，确是说出了诗中要义。而这样从语感入手，细品词句间的情绪味道，来理解释读《诗经》，而不拘于前人成说，营营于字义之变，才是《诗经》研究的应有境界。

在《诗经》形成的那个年代，出现了一位东方思想文化巨子，他就是道家学派创始者老子。他在《道德经》中，多处阐释了要少私寡欲、顺应自然的人生观：

五色令人目盲，五音令人耳聋，五味令人口爽。（第

十二章）

见素抱朴，少私寡欲。（第十九章）

故知足不辱，知止不殆，可以长久。（第四十四章）

祸莫大于不知足，咎莫大于欲得，故知足之足，常足矣。（第四十六章）

是以圣人欲不欲，不贵难得之货。（第六十四章）

这些观点，完全可以与《衡门》诗意互为诠释。

司马迁《史记·老子韩非列传》载："老子者，楚苦县厉乡曲仁里人也。"苦县，即今河南省鹿邑县，这里距陈国都城（在今河南省周口市淮阳区）不足 70 公里。这一带在西周至春秋时期属陈国，公元前 478 年被楚国吞并。老子的出生和死亡时间，史书没有明确记载，后人大致推测为公元前 571 年至公元前 471 年。这意味着在老子生前，故国已归属楚国，所以司马迁称苦县为楚地。其实，称之为陈地似更准确，不仅行政隶属如此，思想文化更是一脉。

陈国是西周初年首次获封的公侯级大国，历数十国君，地处中原，土地肥沃，交通便捷，经济文化较为发达。至春秋时期，周王室控制力衰落，王朝礼崩乐坏，大国之间的征伐不断。作为军事弱国的陈国，屡被晋、楚、齐、越之间的战火波及，加之治政者昏庸无道，国力式微，经济文化日渐凋敝。

当此时，陈及周边地域范围内，许多重节有道之士，身处乱世，不忍目睹山河破碎、民不聊生，不堪承受伦理无序、教化日薄，转而寻求一种精神与身体都能解脱的理想状态。在人格修养上，见素抱朴，知足守中；在行为方式上，远离奢华，寻求隐逸，形成一时之风。

孔子周游列国，在陈楚之间，遇到了几位“隐者”：“耦而耕”的长沮、桀溺，“植其杖而芸”的荷蓧丈人。这三人虽然都主张避世，却是自食其力的劳动者、正常社会生活的拥有者。他们逃避的是“滔滔者天下皆是也”的“无道”现实，表现出的是洞明世事、通达人生之后的放旷与隐逸。

《卫风》中的《考槃》篇，描写了一位结庐山涧、自得其乐的隐者：“考槃在涧，硕人之宽。独寐寤言，永矢弗谖。”与《衡门》篇中这位栖迟之士，虽有乐山乐水之异，但亦有苏世独立之同。二诗中人物之隐，与其说是放逸出世，毋宁说是忧思深而栖托远的特立独行的入世。

屈原借其作品中“渔父”之口，说了一番与自身处世准则相悖的人生价值观：

> 圣人不凝滞于物，而能与世推移。世人皆浊，何不淈其泥而扬其波？众人皆醉，何不餔其糟而歠其酾？何故深思高举，自令放为？

这番话把道理讲得很生动、很深刻。屈原在《渔父》一文中，把自己的人生志向与渔父的处世准则平等地列出，只有取舍，没有扬抑。这说明当时楚的土地上，隐逸遁世已是成熟理念之下的社会现象，也隐约透露出屈原对道家思想的赞赏认可，只是因为自己特殊的身世、境遇和性格，无法接受并付诸行为罢了。

隐逸之举，无论是主动所为还是不得已而为之，其实质都是换一种生活方式，让自己的生命更安全，心灵更熨帖。

这也解释了为何《衡门》中的“隐者”并不避讳食鱼娶妻之欲，既甘于寂寞，也务实生存。

这也清晰地启发我们，在这些隐者的“隐居放言”之下，在陈国的土地上，诞生了《衡门》诗篇，诞生了道家思想，也就是春至草生般自然的事了。

全诗分为三章。

首章是全诗的重点，描写了诗人的居住环境和在这种环境下的心境，表现了诗人持守自己精神世界的节操。诚如《诗序》所言：

> 诗者，志之所之也。在心为志，发言为诗。

“衡门之下，可以栖迟”，住所十分简陋，仅以横木为门，想必是蓬牖茅椽、绳床瓦灶，没有高堂深宅，没有雕梁画栋。然而，这并没有使诗人窘迫苦恼，他安然处之，或望远，或高卧，或“草堂春睡足”，或“风雪吟诗沉”。衡门之下的世界，自有一番疏朗。

“泌之洋洋，可以乐饥”，门外，清澈的河水静静流过。有鱼在跃，有蛙在鸣，有鹭在飞；有蒹葭苍苍，有云影徘徊，有长空万里。洋洋之水可餐，莲子蒲根可餐，游鱼戏虾可餐，满目秀色可餐。

置身于这般天地，乐而忘忧，超然物外，又有什么可夺我心志呢？

近人王先谦《诗三家义集疏》中评论其人：

> 此贤人栖迟泌丘之上，居室不蔽风雨，横木为门，若汉申屠蟠之因树为屋，箪食瓢饮，不改其乐，自道如此。

文中引用了两处典故，以喻衡门中人。一是颜回之乐。《论语·雍也》：“贤哉，回也！一箪食，一瓢饮，在陋巷。人不堪其忧，回也不改其乐。”颜回之乐，乐在守道而自得，与“栖迟”“乐饥”之自得，殊相仿佛。二是申屠蟠避祸。据范晔《后汉书》记载，申屠蟠以学问修养名重一方，他察觉到儒生妄议朝政，恐遭祸端，便避于“梁砀之间，因树为屋”。这种苟全性命的蛰伏之举，与安贫乐道、随遇而安的精神自觉，是大相径庭的。

第二章和第三章，以叠章咏叹之法，反复阐释了诗人的观点，着重重申了诗人抱朴去奢的价值取向。

“岂其食鱼，必河之鲂（鲤）？岂其取妻，必齐之姜（宋之子）？”以反诘句的形式，表达了不容置疑的肯定态度。食色，人之性也。“河之鲂”，甘食也，“齐之姜”，悦色也，原本无可厚非，而一旦食色之欲与自己的人生价值取舍之道相左，甘食悦色则不可强求、不可妄求矣！

这里写到的两种河鲜——鲂鱼和鲤鱼，都以味道鲜美且难以获取而著称。陆佃撰写的专门解释名物的训诂书《埤雅》称：“里语曰：洛鲤伊鲂，贵于牛羊。”要知道，牛羊是太牢祭祀所用牺牲，是最高规格的礼仪、最有分量的情感抒发，也是最为虔诚的信仰表达。《周颂·清庙之什·我将》中“我将我享，维羊维牛”，表现的就是对周王先祖文王的祭祀。由此，可知牛羊的贵重难得。而鲤鱼鲂鱼，却被坊间百姓认为比牛羊还要贵重，还成为谚语，广为流传。由此，亦可知鲤鲂的贵重难得。

这里写到的两个地方的女子——齐之姜和宋之子，是代称或泛指，不是具体指什么人。齐姜宋子，有几点共同之处：都是公侯之女，周王朝的齐国为姜姓，宋国为子姓，齐姜宋子分别指齐国宋国宗室女子；都以美貌著称；都有着过人的识见才华，比如最为著名的一位齐姜，就曾助其丈夫晋文公成就了霸业。如果把这几点作为择妻标准，而后付诸行动，显然是在搞人生极限挑战。郑玄《毛诗传笺》认为“何必大国之女然后可妻，亦取贞顺而已”，则把这个标准生活化、现实化了。

《衡门》是从来被认为歌咏安贫乐道的名篇，从班固、蔡邕以来的无数文人诗家，常把“衡门栖迟”“泌水乐饥”作为安贫乐道的典故。

这是今人陈子展《国风选译》中的话，指出了《衡门》为后世文人所重，多是在借其精神，以抒怀励志。这启发我们，若细分一下诗体，《衡门》作为《诗经》中的名篇，则有着明显的赋的特色。

班固《汉书·艺文志》说“不歌而诵谓之赋”，刘熙载《艺概·赋概》认为“赋，盖有思胜于辞者”“以精神代色相，以议论当铺排，赋之别格也”，都准确地定义了《衡门》这样述志抒情的哲理小赋。张衡在《归田赋》中写道：

谅天道之微昧，追渔父以同嬉；
超埃尘以遐逝，与世事乎长辞。

无论是文字、情绪，还是志向，都与《衡门》异曲同工。以此来论，《衡门》篇亦可谓发赋之滥觞。

《衡门》是一篇文学作品，旨在抒情言志。读后受其感染，或生对“衡门栖迟”生活场景的向往，也是可以理解的。

但人生价值追求，不是一般的情绪感染就能够树立起来的，需要长期的历练和思考，甚至是苦其心志之后的痛定思痛；需要长期的沉浸和共鸣，比如在老子《道德经》“尊道贵德”“见素抱朴”的智慧长河中击水千里。

读《陈风·衡门》，领其意趣；读《道德经》，升华思想。漫步于《衡门》与《道德经》诞生的这方土地，会真切领悟到：万象同源，大道在兹。

东门之池

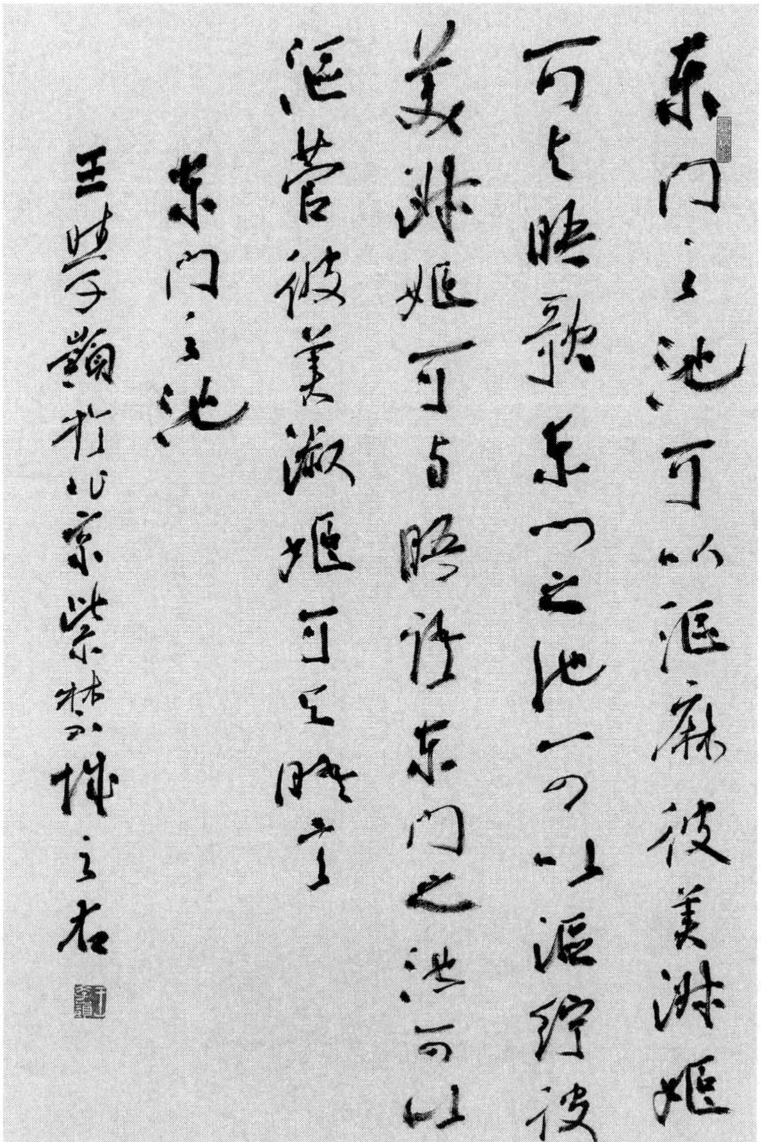
东门之池可以沤麻彼美淑姬
可与晤歌东门之池可以沤纻彼
美淑姬可与晤语东门之池可以
沤菅彼美淑姬可与晤言
东门之池
王学岭书北京紫禁城之右

东门之池　　王学岭书

东 门 之 池

东门之池，可以沤麻。[①]
彼美淑姬，可与晤歌。[②]

东门之池，可以沤纻。[③]
彼美淑姬，可与晤语。[④]

东门之池，可以沤菅。[⑤]
彼美淑姬，可与晤言。[⑥]

【简　注】

①池：护城河。《毛诗诂训传》："池，城池也。"陈国都城之外护城河由来已久，系在人工挖掘与黄河泛滥冲积共同作用下形成，至今水域面积达1.6万亩，是中国最大的环城湖。而东门之池，郦道元实地考察，认为是位于东门之内。应更确切。

沤：浸泡。许慎《说文解字》："沤，久渍也。"麻要经过长时间的浸泡，才能柔软并剥下皮纤维。

②淑姬：淑，贤良。一解作"叔"，即排行第三。姬，为周王室姓，也代指大户人家的女子。另解作女子的美称。

晤歌：以歌声相互唱和。晤，相对。《毛诗诂训传》："晤，遇也。"孔颖达《毛诗正义》："《传》以晤为遇，亦为对偶之义。"

③纻：音 zhù，即苎麻，又名青麻，其纤维可织夏布。

④晤语：对话，交谈。《毛诗诂训传》："直言曰言，论难曰语。"此处的"语"，即指"论难"而言。

⑤菅：音 jiān，多年生草本植物，经沤渍后，可以搓绳、编席、编草鞋。陆玑《毛诗草木鸟兽虫鱼疏》："菅似茅……沤乃尤善矣。"

⑥晤言：指较深入坦诚地交谈。

【诗 译】

东城门下，湖水微漾
水中苎麻，沉浸着温暖的向往
那端庄贤淑的姬家女儿
歌声与笑容在风中悠扬

东城门下，湖水微漾
水中苎麻，沉浸着温暖的向往
那端庄贤淑的姬家女儿
淡淡细语相伴在鸟语花香

东城门下，湖水微漾
水中苎麻，沉浸着温暖的向往
那端庄贤淑的姬家女儿
款款衷曲激荡起无边波光

【散　论】

《东门之池》是《诗经》中一篇出色的情诗，语言自然平实，画面疏淡清新，基调轻松愉悦。

东门之池，是陈国都城东门附近一处风光独具的景点。郦道元《水经注》记载：“陈之东门内有池，池水东西七十步，南北八十许步。水至清洁而不耗竭，不生鱼草，水中有故台处，《诗》所谓‘东门之池’也。”李吉甫《元和郡县图志》载：“东门池，在（陈）州城东门内道南。”

淮阳地古，重在古城；古城之古，不仅表现为时间久远，更表现在核心面目的千古不易。

淮阳古城墙，最早修筑于西周初期，约3000年间，虽屡有修葺，但基址未变。淮阳古城内的街巷结构、水陆结构等，也大致呈现着最初的样貌，与散见于史料中的记载时相吻合。

今淮阳城区老东城门内道路南侧，仍有一处水塘，南北长，东西窄，水中有古月波寺旧址。这些与《水经注》《元和郡县图志》的记载比较接近，可以视为《东门之池》诗情画意的遗址。

全诗分为三章，章节之间只有少量字词的变化，既是反复吟咏，又是多角度比兴，渐次递进。

每章的开头，均以“东门之池，可以沤麻（沤纻、沤菅）”起兴，诚如朱熹在《诗集传》中所言：

> 盖因其会遇之地、所见之物以起兴也。

会遇之地，为东门之池，风光优美，水尤清冽；所见之物，为麻在水中渍泡，人在岸边辛劳。以此起兴，铺垫得厚实，承接得有序。

起兴之外，还蕴含着生动准确的比，即以沤麻的沉浸式变化，暗喻主人公感情的渐进。麻经水的浸泡，慢慢变得柔软而易于梳理，这个变化的过程，与诗人行为方式由“晤歌”到“晤语”，再到“晤言”的逐步深化，进而达到增进了解、升华感情，是可以互为注脚的。

面对“彼美淑姬”，诗人动于衷而发于行，想到的表达方式，自然就是对歌。

对歌是中国上古时代人们交往的一种方式，也是内心意愿的一种表达，面对触发情感的人或事，无须遮掩，不假修饰，引吭而歌。从《诗经》中多处描写的青年男女对歌，汉乐府中的《相和歌》，唐代刘禹锡的《竹枝词》，以及明清民歌中，可以清晰地看出对歌这种交往方式的沿袭脉络和流变痕迹。至今，在壮、瑶等少数民族中，还保留着这种健康美好的感情交流方式，比如电影《刘三姐》中的对歌就给人们留下了深刻印象。

对歌的目的，是表达感情，展示才华，引发关注，形成共鸣。但歌唱这种形式，又容易束缚内容的完整流畅表达。

所以接下来，诗人由唱和对歌到面对面交谈，由泛泛地聊天到深情款款。至于“晤语”“晤言”的具体内容，是海誓山盟，还是勾画未来，诗人未加涉笔，我们也不必像读说明文一样去理解诗意，但至少从这种形式与内容的渐次递进中，可以预见到一段感情开阔美满的前景。

诗中反复写到的“彼美淑姬”，大致可解读为“那个端庄贤良的女子”，三个章节用语未变，诗人的关注点集中，形成整个画面的焦点透视。这一点与《衡门》中“齐之姜”“宋之子”的类比，是不一样的。

《诗三百》汇编成集，经过了严肃的篇章筛选和文字整理，很多好的诗意互相影响，好的诗句互相借鉴，好的句式甚至形成规范。有些经典诗句营造的意境，或会在别的诗篇中出现。如“昔我往矣，杨柳依依；今我来思，雨雪霏霏”，是见于《小雅·采薇》篇，又稍变动为“昔我往矣，黍稷方华；今我来思，雨雪载涂”，出现在《小雅·出车》篇。

有些包容性与适用性很强的句式结构，被屡屡用于不同的内容或情绪表达，看似通用，实则各有妙处。如多篇诗中出现的“既见君子，……”，成为可以广泛借用的《诗经》句式，每次借用，都是一次创新与丰富，都让人想起《诗经》的美。

这首诗中的“彼美淑姬”，与《郑风·有女同车》中的“彼美孟姜”，在诗句意思上是相同的，在句式上也应当是一致的。这里的“淑”，似应解作“叔”，即与“孟”均表示家中排行，“叔姬”与“孟姜”都是代称。这样更合乎《诗经》句式的规范性特征，也更能使人理解诗句。对于这一点，学人也多有解注。比如孔颖达《毛诗正义》中提出：

> 美女而谓之姬者，以黄帝姓姬，炎帝姓姜，二姓之后，子孙昌盛。其家之女美者尤多，遂以姬、姜为妇人之美称。

闻一多《风诗类钞》又展开来论说：

> 姬姜二姓是当时最上层的贵族，二姓的女子必最美丽而华贵，所以时人称美女为叔姬、孟姜。

这些论述交代了那个时代姬、姜被时常借用的原因，也加深了我们对这处诗意的理解。

在《东门之池》中，写到了与当时生产生活密切相关的三种植物——麻、纻、菅。麻，在《东门之枌》篇的文字中已作介绍。纻，也就是苎麻。陆玑《毛诗草木鸟兽虫鱼疏》："纻，亦麻也，科生数十茎，宿根在地中，至春自生，不岁种也。"李时珍《本草纲目》："苎麻作纻，可以绩纻，故谓之纻。凡麻丝之细者为絟，粗者为纻。"

在距今约4000年的浙江湖州钱山漾遗址中，发现有纤维匀细、经纬分明的苎麻织物。在河南安阳殷墟出土的公元前14世纪至前12世纪甲骨卜辞中，就有丝麻的象形文字。至春秋时期，苎麻的种植编织有了长足发展，对人们的生产生活产生了重大影响，麻布已是当时贵族、平民、士卒服装的主要面料。

苎麻加工，首先要浸泡脱胶，以便梳理提取纤维，纺织成布。苎麻织出的布柔软，缝隙较大，凉爽透气，适宜夏季穿着，所以称为夏布。

春秋时期，淮河流域的陈国、蔡国盛产苎麻，由此而带动当地农副业、手工业迅速发展。古蔡国所在的今驻马店市，因盛产苎麻，汉代时取名苎麻村，至明代设皇家驿站，谐原音改苎麻为驻马店，今天已是一座颇具规模的城市。这也算是历史上产业兴市的一个范例吧。

至于菅，陆玑《毛诗草木鸟兽虫鱼疏》："菅似茅，而滑泽无毛，根上五寸中有白粉者，柔韧宜为索，沤乃尤善矣。"可见菅是一种粗加工原料，主要是搓成绳索或编作草鞋。工艺工序虽然简单，但制成品同样是重要的生产生活物资。菅这种看似不起眼的野生植物，也和麻、纻一样，因与社会发展密切相关，而具有战略价值。

对于《东门之池》诗的艺术特点，总的评价为“简淡”。但简淡之外，是别有韵致，还是索然无味，又需根据每位读者的领悟感受来区分。

吴闿生在《诗义会通》中认为，此诗是“愈淡愈妙”，淡得有空间，淡得有余味，淡得有妙处。

方玉润在《诗经原始》中，则说此诗“辞意浅率，终非佳构”，没有弦外之音，没有说到位，是一篇平平之作。

这首诗的简淡，表现在两个方面：一是三章一意，章节间诗意变化不大；二是用词重复，意象看似单薄。而在《诗经》中，这类简淡表现的诗歌有不少篇，其中多有文学史上公认的名篇。比如《周南·桃夭》：

桃之夭夭，灼灼其华。
之子于归，宜其室家。

桃之夭夭，有蕡其实。
之子于归，宜其家室。

桃之夭夭，其叶蓁蓁。

之子于归，宜其家人。

简淡的背后，是色彩的明艳与情感的浓烈。简洁明快的诗句，至今时常被吟诵或借用，构建起人们心目中的《诗经》形象。再如《周南·芣苢》：

采采芣苢，薄言采之。
采采芣苢，薄言有之。

采采芣苢，薄言掇之。
采采芣苢，薄言捋之。

采采芣苢，薄言袺之。
采采芣苢，薄言襭之。

仅以六字之易，描绘出春和景明的原野之上，三五成群的采药女子，一边劳作，一边欢快地歌唱，歌声若远若近，时断时续，这样一个有声有色的画面。

可见，简淡未必是无味，浓艳未必是动人。浓淡之笔，总在“相宜”。相宜，就是协和适度，知其所起，知其所止，知其所言，知其所未言。但得相宜，浓是好，淡是好，浓淡调和也是好；若不得相宜，则浓淡皆失其味。

《东门之池》固然简淡，但简淡的是文字。简淡文字背后春光明媚、水光潋滟的画面，画面中端庄美丽的女子，画面外深情吟唱的歌声，段落间渐次递进的对歌、对话、长谈，无不是与这简淡文字相宜的感情的浓烈。

果然还是“愈淡愈妙”。

东门之杨

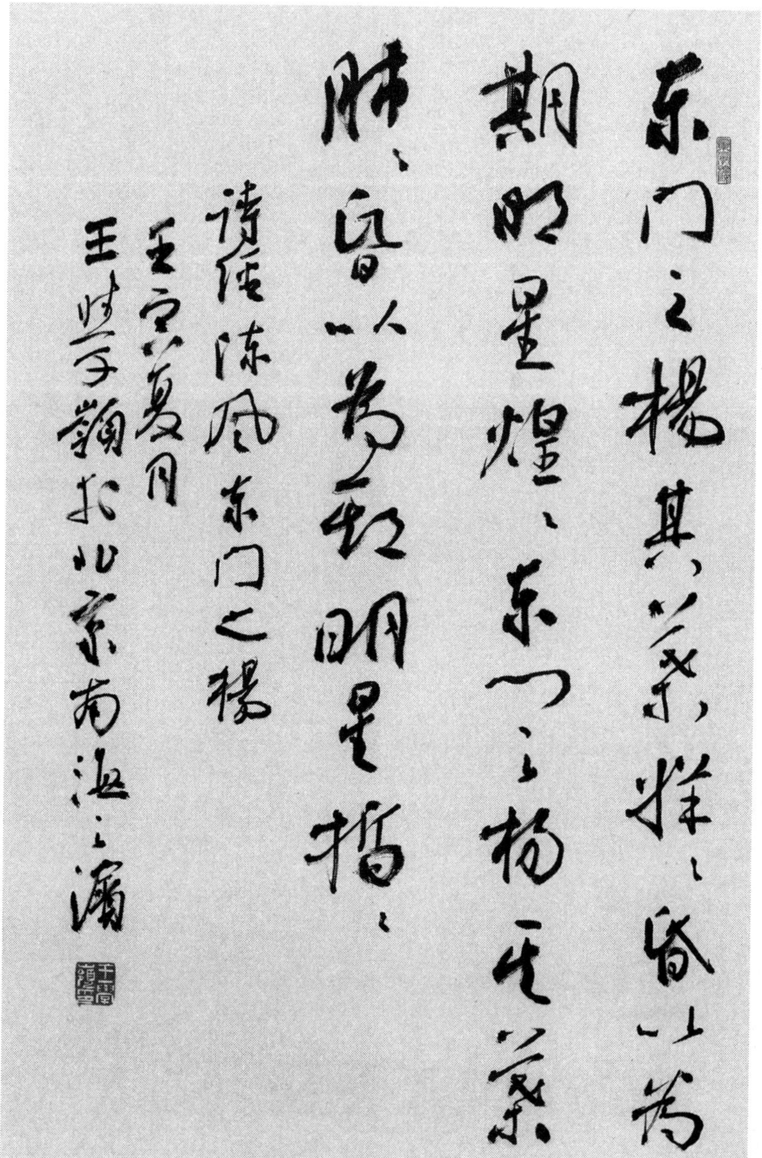

东门之杨　　王学岭书

东门之杨

东门之杨，其叶牂牂。[①]
昏以为期，明星煌煌。[②]

东门之杨，其叶肺肺。[③]
昏以为期，明星晢晢。[④]

【简　注】

①东门：陈国都城的东城门。

杨：落叶乔木，中原地区早有种植，常见的有响叶杨、毛白杨等。一说为红皮柳，落叶灌木。段玉裁《说文解字注》："杨，蒲柳也。"崔豹《古今注》："蒲柳，生水边……水杨，蒲杨也。枝劲细，任矢用。"

牂牂：音 zāng，树的枝叶茂盛的样子。《毛诗诂训传》："牂牂然盛貌。"

②昏：黄昏时分。如"昏定晨省"即是《礼记》规定的人子侍奉父母的日常礼节。

期：约定，相约会面。

明星：即金星，因较之其他行星距离地球最近，显得非常明亮。清晨在东方天空出现，被称为启明星；傍晚在西方天空出现，被称为长庚星或昏星。

煌煌：也作"皇皇"，明亮的意思。

③肺肺：音 pèi，同“芾芾”，也是指枝叶茂盛的样子。

④晢晢：音 zhé，明亮的意思。《毛诗诂训传》：“晢晢犹煌煌也。”

【诗　译】

东门之外
那片密密的白杨
枝繁叶茂
在原野静静地守望
相约黄昏，却
迟迟不见她的身影
无尽的孤寂
相伴满天星光

东门之外
那片密密的白杨
枝繁叶茂
望不尽雁来鸿往
相约黄昏，却
迟迟不见她的身影
长庚星下
我心化作满地的白霜

【散　论】

《东门之杨》也是一首在看似简淡的文字背后，蕴藏着许多未尽之言、难解之谜的诗篇。

看似简淡，是因为它采用风诗中常见的重章叠句、反复咏叹的形式。首章“东门之杨，其叶牂牂。昏以为期，明星煌煌”，依次写出故事发生的地点、环境、时间、起因和诗人的心情；二章较之首章，仅仅变动了两个词，一是形容树叶的“肺肺”，一是形容明星的“晢晢”，而且改动的词，也都是表达相同的意思，词换意不换，两章完全可以作一章来读。

看似简淡，是因为诗的每章只有四句，每句的字面意思都很浅显，没有拗口的字词，没有深奥的典故，没有繁复的意境，让我们一遍读过，就很容易理解它所表达的内容。

但这种很容易形成的理解又明显单薄，是这首诗作者不希望的单薄，是这部诗歌总集编者不希望的单薄，也是我们每一个《诗经》捧读者不希望的单薄。

一方面，我们想弄明白诗句背后的情节。“昏以为期”的是江湖朋友，还是男女恋人？若是恋人，是两人约定还是一厢情愿？“明星煌煌”之下，是冷然爽约还是姗姗来迟？……

另一方面，我们想领悟到诗人的创作意图。作为一首叙事抒情诗，诗人叙事不着脉络，抒情不动声色。这是创作理念的删繁就简，是为当事者讳的欲说还休，还是诗人极度惆怅之余的无话可说？

带着这两方面的想法，我们再反复吟读这首诗。

《诗三百》时代，诗往往是以歌的形式出现，以歌的形式传播。文字依托于简帛传到了今天，而旋律并没有随着文字流传下来。我们今天吟读古诗，特别是《诗经》《楚辞》，重在品味诗意，体察古风，寻找文字之间和文字之外的“思无邪”、意不尽。所以，感悟《诗三百》之美，有声吟诵是重要法门。

但要注意，既已没有旋律，就不要故弄玄虚，在腔调上臆玩古人。前些年，出现了一位自称“当代楚辞吟诵第一人”的“大师”，热衷于在荧屏上或当面向人表演楚辞吟诵，摇头晃脑，长嚎短叫，做派十足，实质不过是披了学术文化外衣的“跳大神”而已。

所以，吟诵只是以有声的形式体会诗意，而不是搞以什么形式有声。

浅吟低诵中，几遍读过，欲寻求的答案，依然杳无踪影，然而诗的味道已是渐足渐浓。

东郊之外，湖水之滨，旷野之上，夕阳余晖渐渐从浓密的白杨枝叶间退去，寂寂的等待中，繁星已是满天。

繁星已是满天，仍在寂寂等待，仍是白杨林中，仍是旷野之上，仍是湖水之滨，仍是东郊之外。

这些已经足够，诗人在不及其余之中，把什么都表达了。城中的炊烟，田野晚归农夫的号子，远处宛丘之上击响的鼓缶，官道上驶过的车马，以及撞击作响的剑戈与环佩，等等，这世间万象，都已在诗人寂寂的等待中，消了声色。只有地点——杨柳繁茂的东郊，只有时间——由黄昏到黎明，在伴随着这份等待与期盼。

字面的浅显明了，绝不等同于情绪的苍白。看看这首尽现大汉气象的《大风歌》：

> 大风起兮云飞扬，
> 威加海内兮归故乡，
> 安得猛士兮守四方！

无一字需要注解，无一字不力透史上云烟。后人每每旷野临风，总能想起刘邦的慨然放歌。

字面的浅显明了，绝不等同于情绪的苍白。再看看这首唐人的《登幽州台歌》：

前不见古人，后不见来者。
念天地之悠悠，独怆然而涕下。

什么都没有写，又什么都写了。引发无数后人陪陈子昂怆然涕下的，不是古今天地间的繁花万树，而是“逝者如斯”后的荡然无物。

少年时读《小雅·采薇》，总觉得“昔我往矣，杨柳依依；今我来思，雨雪霏霏”不应该是这首诗中的一部分，因为全诗对时代背景、人物关系、思想情绪都交代得太清楚，削弱了这四句深沉咏叹的张力和维度。如果四句独立出来，自成一首诗，剥离掉一切背景，让每一位读者结合自己的人生体验，来理解它、延展它、丰富它，更能够达到一种美的极致。

《东门之杨》也正是具有这般审美特质的一首诗，此外的一切探寻与澄清，都只能是背离初衷的误解与伤害。

比如，有些观点的提出，理论上我们看似无法反驳，但阅读感受却在时时为我们校正。如，有人认为这首诗是表现“朋友之间负约不至”，“不必为男女期会”，从诗句字面来看，也应是说得通的一种解读。那么，我们对照欧阳修的《生查子·元夕》：

去年元夜时，花市灯如昼。
月上柳梢头，人约黄昏后。

今年元夜时，月与灯依旧。

不见去年人，泪湿春衫袖。

词中亦无一字涉及男女，但却感情真挚而鲜明，任谁读过，都会真切体会到物是人非、不堪回首的爱情伤逝，而不至于误为朋友间爽约。《东门之杨》较之《生查子·元夕》更为含蓄简淡，但细细体会，那种朴素与深情的统一，那份语短情长、意味隽永，还是真实而清晰的。

东门之外其叶“牂牂”“肺肺”的杨树，究竟是哪类植物？有人认为是白杨，有人认为是蒲柳，由此形成了乔木、灌木之辩。因为《说文解字注》从字义切入，《本草纲目》从物性切入，渐渐地，是水杨即红皮柳的灌木说占据上风。

《诗经》中多处写到“杨”，有的是实指，有的是树木泛称。古代又常常杨柳合称，甚至混用。在这里，乔、灌之辩需要我们认真分析一下。

《小雅·菁菁者莪》篇有“泛泛杨舟，载沉载浮”句，《小雅·采菽》篇有“泛泛杨舟，绋纚维之”句。可以成舟，浮沉于波涛之上的，肯定是高大的乔木树材。

方位地点有明确指向的，如《小雅·南山有台》篇中的“北山有杨”，此处“杨”显然不是宜水而生的蒲柳。同样如“东门之杨”，方位地点指向明确，枝叶茂盛，且处处与明星相映衬，理解为今天依然常见的乔木白杨，似更确切。

《诗经》中以“东门”为题的有多首诗篇，如《陈风》中的《东门之枌》《东门之池》《东门之杨》，《郑风》中的《东门之墠》《出其东门》，等等。似乎当时人们有一种东门情结，进而产生《诗经》中的东门现象。这些以“东门”为题的诗篇，有一些共同之处：都是抒情怀人之作，都注重情与景的交融，都出自中原礼仪兴盛之邦。

何以众多诗篇聚焦东门？何以形成东门情结，进而产生《诗经》中的东门现象呢？

一是缘于太阳崇拜。东为太阳升起的方向，《史记·历书》说：“日归于西，起明于东。”春秋战国时期，人们称太阳之神为东君，把其当作主要祭祀对象。屈原诗作《东君》即是表现太阳崇拜的。出东门而迎向东方，“拜日于东门之外”（《仪礼·觐礼》），是人们太阳崇拜的自然表现，又扩展为赋予东门更多的美好情感寄托。

二是缘于时令景色诱人。古人也称春神为东君，将东方与盎然春意和优美风光紧密相连，春服既成，踏青原上，歌舞游乐，往往是出其东门。

三是缘于别样人文禀赋。古时公侯大夫之家，多择东城而居。《史记·司马相如列传》称：“故有剖符之封，析珪而爵，位为通侯，居列东第。”司马贞解释为：“列甲第在帝城东，故曰东第也。”这些人家的女子，有闲而多姿，出入于东门的树影湖光之间，自是加深了东门的诗情画意。《郑风》中的“其室则迩”“缟衣綦巾”、《陈风》中的“子仲之子”“彼美淑姬”，无不透露出这方面的信息。

四是缘于胜地风情独具。郑国东城外有古潭洧渊，《左传·昭公十九年》记有“郑大水，龙斗于时门之外洧渊”。陈国东城外有高台宛丘。这两个地方都是风光旖旎之地，都是祈福纳祥之所，都因汇聚无限风情，而使各自的东门情思飞扬。

诸多因素构成《诗经》中特殊的东门现象，并在文学史中延续，不断丰富文化意蕴，升华着“东”这一自然方位的美学概念和精神内涵。

因为《东门之杨》的简淡含蓄，理解上的不一自是难免。

《诗序》称：“《东门之杨》，刺时也。昏姻失时，男女多违，亲迎女犹有不至者也。”打上儒家“美刺”烙印不说，还给我们设置了人物场景。只是这人物场景与作为脚本的原诗，怎么也对应不上。

其后有那么一批论《诗》者，虽然多不认可《诗序》所言，但或囿于“美刺”伦理，或不愿深体诗味，图省事地以诗意“未详”对待它。比如方玉润《诗经原始》，感叹其“词颇奇奥，隐约难详”，而不过多涉笔。虽未就此形成学术观点，但也算是一种治学态度。

为《东门之杨》一诗正名的权威论断，还是朱熹在《诗集传》中的一番话：

> 此亦男女期会，而有负约不至者，故因其所见以起兴也。

这一观点合乎诗意，合乎陈地风情，合乎《国风》的总体格调，为其后经学研究者接受，近代学者也大多循从这一说法。

东门之外，至今依然杨树繁茂，星光熠熠。曾经的故事，渐渐沉淀为一种厚重，承载着漫步其上的人文风化，与天地同悠悠。

墓门

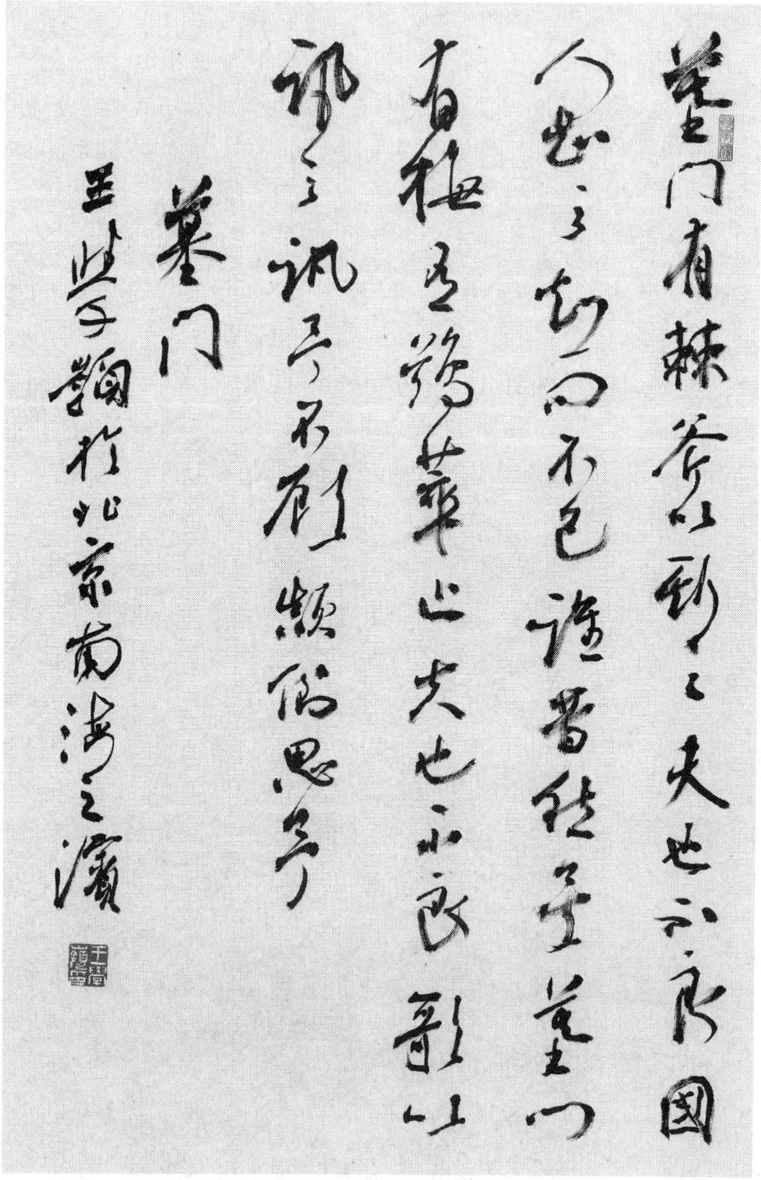

墓门　　王学岭书

墓　门

墓门有棘，斧以斯之。[①]
夫也不良，国人知之。[②]
知而不已，谁昔然矣。[③]

墓门有梅，有鸮萃止。[④]
夫也不良，歌以讯之。[⑤]
讯予不顾，颠倒思予。[⑥]

【简 注】

①墓门：陈国国君墓的墓道之门。一说为陈国都城城门名。

棘：酸枣树，色暗，有刺，是古人心目中的恶木。

斯：劈开、砍伐的意思。《毛诗诂训传》："斯，析也。"

②夫：那个人，指陈佗。朱熹《诗集传》："指所刺之人也。"

③谁昔：过去，从前。郑玄《毛诗传笺》："谁昔，昔也。"

然：这个样子。

④鸮：音 xiāo，亦作"枭"，即猫头鹰，是古人心目中的恶鸟。《毛诗诂训传》："鸮，恶声之鸟也。"

萃止：停息，聚集。

⑤歌：意为作诗并唱出。郑玄《毛诗传笺》："谓作此诗也。既作，又使工歌之，是谓之告。"

讯：告诫、警告。亦作"谇"，音 xìn。《尔雅》："谇，告也。”

⑥讯予：即“予讯”，意为我们告诫他。

颠倒：指国家陷于动荡纷乱。陈奂《诗毛氏传疏》：“颠倒，乱也。”

思予：思我之言。这样才能想起我有言在先。或解作“予思”之倒置，亦通。

【诗　译】

陵墓巍巍，耸作千秋之势
墓门森森，时列社稷之飨
而如梦魇般的荆棘
在墓门前狰狞生长
快快执起斧钺
伐去这淹没岁月的荒凉

那人劣迹斑斑
无行恶名传遍阡陌里巷
千夫所指却不思悔改
依然故我
在罪恶间游荡

陵墓巍巍，耸作千秋之势
墓门森森，时列社稷之飨

而如伤痕般的刺梅
在墓门前肆意生长
鬼魅的鸮鸟乘夜色飞来
惨厉叫声缠绕在枝杈之上

那人劣迹斑斑
挞伐的歌声在朝野传唱
沸腾民怨中怙恶不悛
满目家园
已陷于无尽的动荡

【散　论】

诗史互证，是历史学研究和文学作品解读的重要方法，作为一种学术传统，在我国已延续了2000多年。

孔子提出“诗……可以观”（《论语·阳货》），强调了诗是反映历史、观察社会的一扇窗口；孟子认为“颂其诗，读其书，不知其人，可乎？是以论其世也，是尚友也”（《孟子·万章下》），表明了“颂诗知人论世”的一致性。这些观点，形成诗史互证学术传统的发轫之势。

至汉代，奉行以史解诗、以诗证史笔法的《诗序》，讲了这样一番道理：

> 国史明乎得失之迹，伤人伦之废，哀刑政之苛，吟咏情性，以风其上，达于事变而怀其旧俗者也。故变风发乎情，止乎礼义。发乎情，民之性也；止乎礼义，先王之泽也。是以一国之事，系一人之本，谓之风。言天下之事，形四方之风，谓之雅。

这番话，阐述了《诗三百》与当时国家治理和社会风俗的密切关系，在“诗言志”之外，提出了“诗言事”的理论主张。这与其别序诸篇、阐幽发微的学术实践，共同构成诗史互证的学术体系。

《陈风》中的《墓门》一诗，情绪忧愤沉郁，内容于史有据，有诗评家称此诗为陈国的“诗史”。这可以让我们在诗句和史实间铺展开来，探究关联，相互印证，加深对两方面的理解。

作为一首针砭时弊、激浊忧国的诗篇，《墓门》讽刺挞伐的对象，是国人皆知的一个祸国殃民的统治阶级人士。唯其身居高位，才有条件祸乱国家；唯其践踏礼序祸乱国家，才会为民众所不容，才会有诗歌谴责他，才会让周王室将这样的诗歌编入集子，以教化天下。

这个人究竟是谁?《诗序》以史证诗，认为是陈桓公之弟陈佗：

> 《墓门》，刺陈佗也。陈佗无良师傅，以至于不义，恶加于万民焉。

陈佗是陈国第十二任国君陈桓公的同父异母弟。公元前707年，因追随周王室伐郑招致大败，陈桓公情急之下病重，陈佗趁机杀死太子免，又在桓公死后篡位自立。陈国因而大乱，并引发此后几度内乱相残。虽然陈佗不久之后被太子免的弟弟联合蔡国除去，但陈国由此元气大伤，人心不稳，国势渐衰。

对于这段历史，《左传》《史记》等都有记载，虽然在陈佗在位时间、陈佗被杀方式等细节上有出入，但陈佗之乱，祸及国人，应是信史。

全诗分为两章，每章六句。

第一章开篇，以“墓门有棘，斧以斯之”起兴，兴中有比，引出诗人所要揭露的那个人。

对于“墓门”的解释，史上大致有两种：一是陈国都城的一处城门。王逸注《楚辞·天问》中云：“（晋大夫）解居父聘吴，过陈之墓门。”马瑞辰《毛诗传笺通释》解释为：“墓门，盖陈之城门。”不知其所据，这也与诗意及可以设想的状况不符，似不可取。二是墓道之门。这一说起于《毛诗诂训传》，方向是正确的，朱熹又加阐发：“墓门，凶僻之地，多生荆棘。”但没有深究“墓门”所指所含，仍觉未及诗意。

“墓门”，是指墓道之门，但不是仅以起兴的一般泛指。这里所讲的墓，是指具有陈国宗庙色彩的国君大墓。

先秦时，“墓”这一概念的含义多有变化。夏、商时期，凡葬，不堆土植树者谓之墓，所以《礼记·檀弓上》称：“古也，墓而不坟。”到了周代，对葬礼加以规范，在坟墓形制上，《周礼·春官·冢人》载：“以爵等为丘封之度与其树数。”爵位的高低，决定着坟墓的高低大小和树木种类数量的多寡。陈为侯爵级封国，自然是坟墓形制高大，树木葱郁，墓道之门也会有一定的排场。

再则，国君埋葬之地，关乎国运的兴衰，是继位者和国人心目中的圣地。这样的地方生长荆棘、栖落猫头鹰等不祥之物，是会直接危害到国家命运的，对此，必须迅速清除而后快。这与诗人要揭露现实中那个庙堂之上行将造成国难的恶人，是十分贴切的。

所以，“墓门有棘”，以比朝堂有妖；“斧以斯之”，呼吁尽快除之。

接下来的诗句，更是直抒胸臆，表达了诗人难以抑制的愤怒和嫉恶如仇的情感：那人（陈佗）是个邪恶之徒，举国百姓都是知道的，可他依然故我，怙恶不悛，是因为他的本性就是恶的。

陈佗之恶，史书中没有详细记载。《左传》仅说陈佗篡位后“国人分散”，暗示了其篡位的不得人心。《公羊传》《史记》等书，简约介绍了陈佗因作恶而被蔡人所杀。后世有些资料称“（陈佗）性好田猎，不恤国政”。这些史料虽然不够系统严谨，但也显示出陈佗的倒行逆施带来了社会的动荡，使百姓颠沛流离，而陈佗却恶习不改，不思国计民生。如此无道，自会招来身逢逆乱的陈国百姓的谴责。

第二章仍以比兴起句，“墓门有梅，有鸮萃止”。

仍然是国运国脉所系的国君墓道之门，仍然是枝杈狰狞的恶木，仍然是叫声惨厉的不祥之鸟。本该有的牺牲供陈不见，本该有的鼓乐齐鸣不见，本该有的柏木森森不见，民众所期盼的国泰民安更是不见，一切都是那么不协调，逆国运而为，逆人心而为。

梅树枝干扭曲，不着花叶的季节，更是形如荆棘。先秦时期，《楚辞》以前的文学作品中，以植物作喻，多是取其形色，还没有深化到提取精神象征的地步。梅树在这里出现，与第一章的“棘”相类比，与栖落啸叫的“鸮”相对应，也是被诗人作为恶木使用的。

后人（尤其是唐以后）总是认为梅是凌寒高洁的良木，不应该用在这里，并由此思路展开考据，为梅树开脱洗嫌。

比如马瑞辰《毛诗传笺通释》中认为：“前章言棘，后章言梅，二木美恶大小不相类，非诗取兴之旨……古梅杏之梅作某，古文作槑，与棘形相近。盖棘讹作槑，因作某，又转写作楳与梅。”意思是因为字形相近，而把“棘”误抄为“梅”。这种观点与其说是学术考据，不如说是在维护后人心目中的梅树形象。

梅喜温暖湿润气候，原产于我国南方。先秦时多为食其果实而种植，鲜果可以作为贡品和祭品，曝干后也可作为香料。安阳殷墟曾发现有炭化梅果核，说明商代时黄河流域有梅树生长。只是当年的食其果与后世的传其神，远不是一回事儿。“墓门有梅”与“踏雪寻梅”，更是不在一个语境。

鸮，也就是猫头鹰，是一种中国文化史上现象级的动物。最早出现时，即便达不到图腾的级别，也是很受关注的。

陕西渭南市华州区泉护村遗址出土有仰韶文化时期的陶塑猫头鹰头，很是精致可爱。“天命玄鸟，降而生商”，商王朝赋予很多禽鸟“护国神”的色彩。殷墟妇好墓曾出土有一件工艺精美、造型独特的青铜鸮尊。2021 年，三星堆 3 号祭祀坑出土一件鸮形青铜尊，与妇好鸮尊极其相似，说明古蜀文化与商文化的密切关联，也说明鸮形象的影响与使用之远。

西周灭商，也要弱化其文化精神，很多鸟类形象从礼器上消失。而猫头鹰也大概是从这一时期开始，沦落为人们心目中的恶鸟，且这种恶的形象延续近 3000 年，成为一种值得关注并可考据一番的人文现象。

古人恶之，有以下几方面原因：其一是恶其形。猫头鹰身形浑圆似兽，喙爪弯曲锐利；两环眼位于正前方，周围羽毛呈放射状，更显目光凶狠。其二是恶其色。猫头鹰周身羽毛主要是褐色，点缀些许深深浅浅的斑纹，既无朱翠，也不清爽。其三是恶其声。猫头鹰叫声凄厉，尤其是其飞行时悄无声息，乍然嚣叫，令人毛骨悚然。其四是恶其习。猫头鹰总是黄昏或夜间活动，有点鬼鬼祟祟的；主要是抓食鼠类，也显得不干不净；还喜欢栖落在干枯的枝杈间，更显衰亡之象。其五是恶其名。《说文解字》称："枭，不孝鸟也。"颜师古注《汉书·郊祀志》云："枭，鸟名，食母。"这个不孝或忘恩负义之名虽然是世人杜撰出来的，但也足以让猫头鹰在其形、其色、其声、其习等自然条件先天不足的情况下，人文形象又彻底毁灭。

现代科技知识普及后，人们才逐步认识到，猫头鹰性习捕食害虫，是农林益鸟。画家黄永玉就在不遗余力地为这只益鸟扬名，不仅笔下的猫头鹰变得呆萌可爱，还常以题款文字写明它益在何处。比如题款写一只猫头鹰每年可捕食田鼠上千只，为人类节约粮食约一吨，或干脆画一只猫头鹰，落款"一吨"，以示功勋卓著。

《诗经》中起兴手法的运用，还兼有比喻衬托的作用，比兴同构，比兴共生。

《墓门》这首诗，以荆棘刺梅这样的恶木和鸮鸟这样的恶鸟起兴，同时，以其比喻那个不良之人。墓门之前，恶木不可留，恶鸟应驱走，以清晰的形象启发人们：国运所系，那个祸乱国家的恶人陈佗必须尽快除去。起兴自然，比喻贴切，使人了然于心。陈奂《诗毛氏传疏》所谓：

> 比者，比方于物……盖言兴而比已寓焉矣。

阐明了这种比兴兼备手法的妙处。

如何除去那个国人皆知的恶人陈佗？民众最初的想法善良而单纯："夫也不良，歌以讯之。"作歌传唱，为上所察，促其悔过。

这里传递出春秋时代的三个历史讯息：一是诗不仅言志，诗的内容，还言是非，言好恶，言民心；二是诗写出来后，不是少数人之间交流，而是要大众化，广为流传，才能为统治者所察知，才能使民心民愿上达庙堂；三是民众改良统治秩序的愿望，不是寄托于革命与暴力手段，而是寄托于不良统治者的幡然悔过、改过自新。

但这些显然无济于事。历史证明了这一点，《墓门》诗句也证明了这一点。

"讯予不顾，颠倒思予"，这广为传唱、反映民心的歌谣，于那不良之人没有什么触动，他依然无所顾忌，无道无行。要知道，天不可欺，道不可背，民心不可违，祸端降临的"颠倒"之日，也必然是不良之人消亡之时。祸必及身，勿谓言之不预。

果不其然，陈佗篡位自立不足 2 年，就被蔡人杀死，结束了他乱礼无行的罪恶生命。

陈佗之死是陈国统治阶层内部利益争夺的结果，是陈蔡两个诸侯国之间利益争夺的结果，与《墓门》歌谣的传唱没有直接关系；陈佗之乱所开启的陈国灭亡之旅，并没有因为陈佗的死去而减缓速度。

但诗歌赋予了历史更清晰的纹理、更鲜明的色彩，让我们知道了历史的另一种记录形式，就是人心。

这首诗歌自诞生起，就广为传唱，由当初的直刺某人，到后来的讽刺鞭挞某一类不良之人。西汉刘向《列女传·陈辩女》记载：

> 辩女者，陈国采桑之女也。晋大夫解居甫使于宋，道过陈，遇采桑之女，止而戏之曰："女为我歌，我将舍汝。"采桑女乃为之歌曰："墓门有棘，斧以斯之。夫也不良，国人知之。知而不已，谁昔然矣。"大夫又曰："为我歌其二。"女曰："墓门有梅，有鸮萃止。夫也不良，歌以讯之。讯予不顾，颠倒思予。"大夫曰："其梅则有，其鸮安在？"女曰："陈，小国也。摄乎大国之间，因之以饥馑，加之以师旅，其人且亡，而况鸮乎？"大夫乃服而释之。

刘向写《列女传》这部妇女史，是在借古讽今，劝诫当世。结合全书的意旨，这则《陈辩女》显然是在表现这个农家采桑女的贞德与机智，抨击晋大夫解居甫的荒乱无礼。故事所据，已不可考，但表现春秋时代人物，引用春秋时代诗篇，故事发生年代是明确的。

这个时期，晋楚都是大国，地理位置上夹在其间的陈国是个弱国，晋楚争霸，时时祸及陈国。采桑之女所言，颇有外交政论意味，饱含家国忧患色彩，不像是为自己解脱，倒像是为国家伸义。

由此，我们判断，这则故事应该另有来历，另有含意。刘向拿来所用，迎合己意，虽然生动，但脱离了这则典故原来的语境，失落了与之关联的信息，严重削弱了这则典故的历史价值。就像现代田野考古工作中，为了提取一件器物，而破坏了整个遗址面貌，割裂了器物之间的关系。

但有几点信息是鲜明的：一是《墓门》一诗流传广泛，二是《墓门》一诗家国意味浓厚，三是诗中的春秋笔法深为民众和后人理解。这也是这首诗的价值所在。

《墓门》一诗指向“陈佗之乱”这一历史事件，古来论《诗》者认识较为一致。对于诗中“夫也不良”者谁，则有不同观点。除“刺陈佗”说之外，还有“刺桓公”说。苏辙、姚际恒等均主张是“国人追咎桓公”之意，认为陈国人在以此诗表达对陈桓公愚钝不察的怨愤。方玉润《诗经原始》中讲得更细：

> 然诗非刺佗无良师傅，乃刺桓公不能去佗耳。苏氏辙曰：“桓公之世，陈人知佗之不臣矣，而桓公不去，以及于乱。是以国人追咎桓公，以为桓公之智不能及其后，故以《墓门》刺焉。‘夫’，指佗也。佗之不良，国人莫不

知之者，知而不之去，昔者谁为此乎？”案，此乃释首章。次章“歌以讯之”等句，则必有忠言直谏，早悟桓公。奈公迷而不悟，以至乱作乃思良言，夫何益哉？二章皆刺桓公，始不知人，次又拒谏，无所谓不置良师傅意。

这番论述分析得全面，也符合史实。但若是既刺陈佗的不良，又刺桓公的不能及早醒悟，在情绪表达上应该是一怒一怨，有所不同；若是“二章皆刺桓公”，情绪表达上应该是对桓公“智不能及其后”失望之余的怨愤，而不是切肤之恨。

细细品读《墓门》，感到诗人是在鲜明强烈地表达激愤鄙弃之情，直斥其人，毫不隐讳，语言犀利，下笔如刀，更符合“刺陈佗”的情绪意味，与后世屡屡出现的“清君侧”烽火是一脉相承的。这一点形成的诗句语感，可以明显地感受到。

持“刺桓公”说者，应该不是未能读透诗意，恐怕更真实的意图是想通过解读《墓门》的“讥讽君之不谏，致使恶人在朝”，来提醒当朝的国君从中鉴知一些东西吧。用意虽好，但毕竟与治学之旨远了。

至于近代学者傅斯年提出，《墓门》是“妇不得志于其夫之悲歌，与《邶诗·终风》同义”，则又可玩味另一种解读之趣，权当戏说罢了。

防有鹊巢

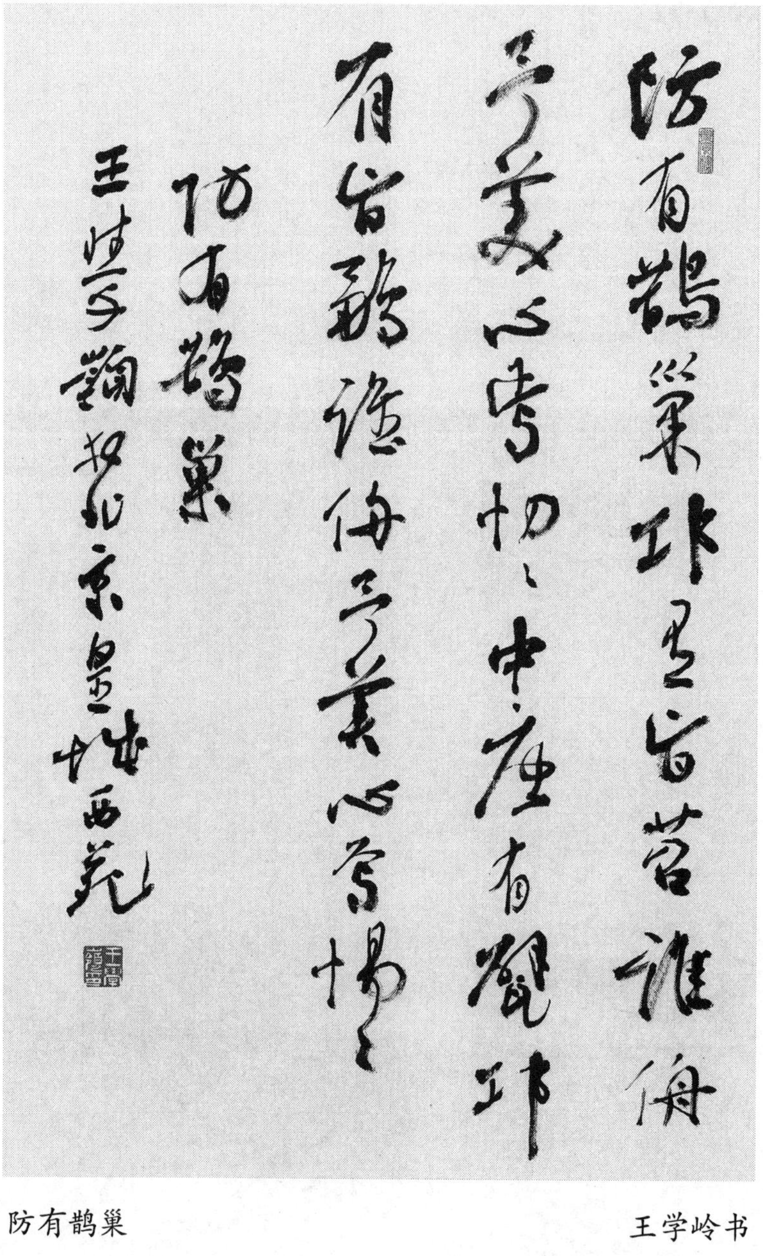

防有鹊巢　　王学岭书

防有鹊巢

防有鹊巢，邛有旨苕。①
谁侜予美？心焉忉忉。②

中唐有甓，邛有旨鹝。③
谁侜予美？心焉惕惕。④

【简　注】

①防：于此处有四解：其一，堤坝。《周礼·地官》："以防止水。"后多从此说。其二，古邑名。春秋时鲁国有防邑，称东防。《春秋·隐公九年》："公会齐侯于防。"宋国有防邑，称西防。《春秋·隐公十年》："辛巳，取防。"有解诗家据此认为陈国亦有防邑。只是推论，无确切依据。其三，通"枋"。枋为常绿乔木，羽状复叶，花色美艳。有人认为是檀木。其四，筑堤堰用的木桩。卢谌《征艰赋》："后背洪枋巨堰，深渠高堤。"今取此说。

鹊：亦称喜鹊，杂食性鸟，多营巢于房舍或高树上。《庄子》（佚文）："鹊上高城之垝，而巢高榆之巅，城坏巢折，凌风而起。"

邛：音 qióng，山丘、土丘。《毛诗诂训传》："邛，丘也。"

旨：味美。《小雅·頍弁》："尔酒既旨。"

苕：音 tiáo，即凌霄花，蔓生植物，生长在低湿的地方，可以食用。

②侜：音 zhōu，诳骗。《毛诗诂训传》："侜，张诳也。"许慎《说文解字》："侜，有壅蔽也。"被谗言所蒙蔽迷惑。

予美：我所美之人，指作者内心所尊敬的人。诗中应指陈侯。

忉忉：音 dāo，忧愁的样子。

③中唐：古时朝堂前或宗庙中的大路。

甓：音 pì，房瓦。

鹝：音 yì，杂色的小草，长在低洼的地方，又名绶草。陆玑《毛诗草木鸟兽虫鱼疏》："鹝，五色，作绶文，故曰绶草。"

④惕惕：忧惧害怕的样子。

【诗　译】

风浪击打着河堤木桩
怎么会有喜鹊筑巢
阳光照射着碧绿山坡
怎么会生长五色水草
是谁在君王面前谗言离间
我心中充满忐忑和烦恼

覆盖房顶的瓦片
怎么会堆放在朝堂甬道
阳光照射着碧绿山坡
怎么会生长五色水草
是谁在君王面前造谣中伤
我悸惧不已忧虑难了

【散　论】

忧谗畏讥，是中国古代延续数千年的社会情绪，或源于报国之志的不可伸张，或源于忠诚之心的人为曲解，或源于洁身自好的屡遭玷污。

这之间，有真正特立独行的高洁之士，遭谗被疏，进退不得，比如"怀瑾握瑜兮，穷不知所示"的屈原；有真正慷慨赴国难的忠勇之士，奸佞离间，壮志难酬，比如喋血燕市的袁崇焕。不排除也有一些志大而才疏，却又四处疑神疑鬼，为自己鸣不平的酸腐乖张之徒。

无论德才是否具备，不得其位，难展其志，总是让人郁闷。加之或虚或实地有人在决策者那里褒贬自己，为谗所困，更是让人忧愤。

而如古罗马诗人尤维纳利斯所言，"愤怒出诗人"。所以，从《诗经》时代起，忧谗之诗就成了诗歌题意类型的一种。千百年来，诗句流传下来了，诗作的真实背景，诗人的真实意图，多已无法考据清晰，我们也只能从诗句间所传达的意思来理解。

如此一来，忧谗诗都站在了道义的高地，为忠诚而鸣，为公正而鸣，为才华而鸣。社会情绪变而为文学现象。

《防有鹊巢》就是一首忧谗诗。

《诗序》认为，这首诗是：

> 忧谗贼也，（陈）宣公多信谗，君子忧惧焉。

这个判断，综合了史实和诗歌的情绪语感，为诗作者界定出“君子”身份，较为贴近诗意。

朱熹《诗集传》认为：“此男女之有私，而忧或间之之辞。”将诗句间的大情怀引向私情的微妙，也对后世产生较大影响。但若作此说，则有几点解释不通：一是两章的起句比兴“防有鹊巢”“中唐有甓”，涉及重大民生和重要礼仪，似不该出自坊间少年之手；二是男女之情遭人离间，诗中却没有对方误解后言行态度的描写，背离常理；三是作者内心感受是“忉忉”“惕惕”，这种忧而惧的情绪，显然来自感情之外的压力。

西周末至春秋战国时期，在礼义、家国、权谋的纠缠间，出现了一大批忧谗诗。我们可以从《诗经》《楚辞》篇章中，选几首来对比一下。如《小雅·巧言》中：

乱之初生，僭始既涵。

乱之又生，君子信谗。

…………

蛇蛇硕言，出自口矣。

巧言如簧，颜之厚矣。

表达的是对君王听信谗言的失望和对造谣中伤者的愤怒。又如《小雅·巷伯》中：

缉缉翩翩，谋欲谮人。

慎尔言也，谓尔不信。

捷捷幡幡，谋欲谮言。

岂不尔受？既其女迁。

骄人好好，劳人草草。

苍天苍天，

视彼骄人，矜此劳人。

表达的是对谣言制造者的规劝告诫和对公平正义的期盼。再如，屈原《九章·惜诵》中：

忠何罪以遇罚兮，亦非余心之所志。
行不群以巅越兮，又众兆之所咍。

纷逢尤以离谤兮，謇不可释。
情沈抑而不达兮，又蔽而莫之白。

心郁邑余侘傺兮，又莫察余之中情。
固烦言不可结诒兮，愿陈志而无路。

表达了忠诚而不被认可、能干而不获察识、陈志而无路可行的失意惆怅。

这几首诗的共同之处是，所忧的都是家国之谗、命运之谗，与社会的动荡、个人身世的沉浮紧密相关。

这几首诗的立场与情绪，也都与《防有鹊巢》比较接近，表现了君子即士大夫家国同构、身家同构的人生价值观，算是同一类型的政治抒情诗，再具体一点说，是忧谗诗。

这类忧谗诗的大量出现，是当时社会环境的变化与士大夫阶层的价值追求难以协调造成的。

进入东周之后，礼乐失序，仁义无常，诸侯间连年争霸，战乱频仍。各统治集团内部，王位之争、名分之争、权力之争幕幕相连，惊险纷呈；各诸侯国之间，尊王攘夷，合纵连横，远交近攻，“流遍了，郊原血”。而在这所有过程中，都充满了积极参与其间，以图彰显人间正义和个人才华的士大夫们的身影。

正义谁来评判？才华如何衡量？参与能否顺利？统治者对于自身利益维护的出发点、坚定性和手段，注定了这一切都是无从保证的。

环境催生出的阴暗和谣言，将士大夫们的人格操守和价值追求，挤压得难以立足。于是，忧谗诗成了落荒而逃途中的唯一伴奏。

《左传》记载，陈宣公二十一年（前 672 年），宣公欲立宠姬之子款，杀太子御寇。废长立幼，本就不合礼制，又是杀长立庶，这之间必然有特殊的原因，也必然会产生强烈的社会震动。

后世有资料称：宣公宠姬为立其子款为太子，诬说御寇谋反，宣公听信，乃杀御寇。这番解释，没有准确的历史依据，但符合一般性推论，权且采纳。

陈宣公听信谗言，置社稷、血脉于不顾，轻杀太子，让陈国士大夫人人自危。大夫敬仲携家眷逃往齐国，大夫颛孙随之出逃。逃走的敬仲与颛孙都是陈公子，都以贤良著称。未能逃走的士大夫们，也不会再有安居乐业的轻松日子。

逃与不逃，表现出的是忧惧的程度和行为方式，但对于谗言的忧惧是一致的。

由此，陈国士大夫们创作忧谗诗歌来宣泄情绪、诉衷明志、提醒告诫陈侯，符合当时社会状况、文化状况和民众心理状况。

全诗分为两章，每章四句。上下两章在不同的比兴内容之下，表现出诗人相同的感受。

“防有鹊巢，邛有旨苕”和“中唐有甓，邛有旨鹝”句，以兴起句，兴中兼比。

喜鹊营巢，本应在安稳的树枝间或瓦檐下，如今却筑在风吹浪打的堤坝木桩上；美丽的凌霄花本应生长在潮湿的洼地，如今却长在高高的山坡。陶瓦片本应覆盖在房顶上，如今却散乱堆放在宗庙的甬道；纤细的绶草本应生长在潮湿的洼地，如今却生长在向阳的山坡。

这种种有悖常理的现象被诗人一一列举出来，既是诗人忧愤中的诘问，也是在起兴笔法之下巧妙的暗示。正如马瑞辰《毛诗传笺通释》所谓：

> 鹊巢宜于林木，今言“防有”，非其所应有也。不应有而以为有，所以为谗言也……是苕生于下湿。今诗言“邛有”者，亦以喻谗言之不可信。

这就更生动地喻示着，谗言能够颠倒黑白，混淆是非，无中生有，把不可能的事说成可能出现，把不存在的东西说成实际存在。有些是制造假象蒙蔽人，有些是假象也懒得制造，“莫须有”吧。

邛，指山丘，在这里解释得很通顺。但邛还通“䓖”，意为心中的忧虑之病。《小雅·巧言》中有“匪其止共，维王之邛”之句，意思是小人好为谗佞，不干正事，专为君王制造心病。“邛”字用在这里，看似冷僻，实是引导人们由邛的此意而联想到彼意，加深对谗佞之举的理解。也从客观上透露出，《防有鹊巢》与《巧言》的忧谗是忧到一处去了。

旨，指食物的味美，引申为赞美之辞，是带有感情色彩的盛赞，不是轻易使用的。比如“旨甘”一词，就多用来指进奉父母的美味的食品。《礼记·内则》记载：

> 昧爽而朝，慈以旨甘；日出而退，各从其事；日入而夕，慈以旨甘。

作为一种居家孝亲的礼仪予以规范。而这首诗中，“旨”用来修饰普通的野生植物“苕”“鹝”，也是在强化诗意表达，加深对读者的提醒。

“谁侜予美？心焉忉忉（惕惕）。”诗人不知道是谁在君王那里造谣离间，也不清楚所进谗言的具体内容，但可以断定，那些谣言不外乎像“防有鹊巢”一样，在极尽歪曲颠倒之能事，在莫须有地强加于自己。“三人成虎”“众口铄金”的故事每天都会发生，献谗者总是在暗处，防范者总是很被动，真与假总是被混淆。坦荡与清白，在冷枪暗箭面前，只能是待宰的羔羊。

而关键是，君王能否识破谣言和造谣者的用心？会不会轻信中伤之词而疏远甚至降罪自己？谎言怎么去揭穿？误解何时能消除？

诗人坦荡之余，又忧心忡忡，万分焦虑。这种“忉忉”“惕惕”的心理，既有对自己随时可能陷于谗言困境的忧惧，也有对国家和君王的关切。

欲言莫辩，欲罢不能；中唐无路，八荒何投？

许慎《说文解字》从小篆体入手，解释“美”字：“甘也，从羊从大。”看着一只肥大的羊，想象着可以畅快地饕餮一番，内心确是舒服。表达了物质的与精神的双重含义。而甲骨文被发现后，人们识别出，“美”字是人伸出双手，头上顶着羊头，是一种严肃的宗教仪式行为。仪式是礼，礼则美。因此，在先秦文字作品中出现“美”字，往往带有政治意味，表现一种虔敬的态度。

《诗经》《楚辞》中，“美”字使用的地方很多，寓意也很是广泛，比较特别而重要的一点是代指君王。这是一种兼有比喻修辞和赞美感情的使用。最具代表性和说明力的，是其在屈原作品中的频频出现。如《离骚》：

惟草木之零落兮，恐美人之迟暮。

再如《九章·抽思》：

结微情以陈词兮，矫以遗夫美人。

这里的“美人”，都是指楚怀王。楚怀王曾有恩于屈原，也是屈原心目中故国存亡与个人身世沉浮时的唯一支撑，是他由衷尊崇赞美的人。屈原即使遭受冷遇和打击，也没有改变内心对于怀王的基本评价。对于其后的楚顷襄王，屈原在作品中的称指，已是完全客观冷静，不再有那么多情感色彩。这是因为顷襄王承袭了怀王对屈原的态度，疏远是基调，放逐是保留节目。但顷襄王没有像怀王那样与屈原有工作交集和感情交集，这种态度必然带来隔膜。君臣就是君臣，名分而已。

《诗经》中“美”或“美人”的使用较多，已被赋予政治意味或君臣视角，比如《防有鹊巢》中的“予美”，就是指作者心中尊敬的人，结合全诗，应是指国君陈侯。这与屈原以“美人”尊称楚王是相同的用法。

学者解读《诗经》中的“美”或“美人”，多依自然视角，从男女之情出发。而对于屈原诗中的“美人”，则多依其家国之忧和政治抱负。

出现这种差异，主要是因为后世释注《诗经》，先是囿于“美刺”说，陈陈相因，后在解放思想中，又矫枉过正，一味强调其风诗的民间情歌性质。而对于屈原诗作，则皆着眼于“虽九死其犹未悔”“哀民生之多艰”的高洁品格和民本情怀，容易找准字词间的真实指向。

“屈原赋二十五篇”（班固《汉书·艺文志》），多是其遭谗被疏，进而流放蛮荒期间创作的，涉及与君王和王朝关系的内容，主要是在表白，在明志。国家山河破碎，个人伤痕累累，已无须再忧谗畏讥。

而《防有鹊巢》所忧，更多的是谗佞这种社会现象，不完全是个人利益。作者努力提醒君王要明辨是非，念系天下，以免正义被放逐，国家陷动荡，百姓遭祸殃。

如此来看，《防有鹊巢》更像是在发起一场公益诉讼。

月出

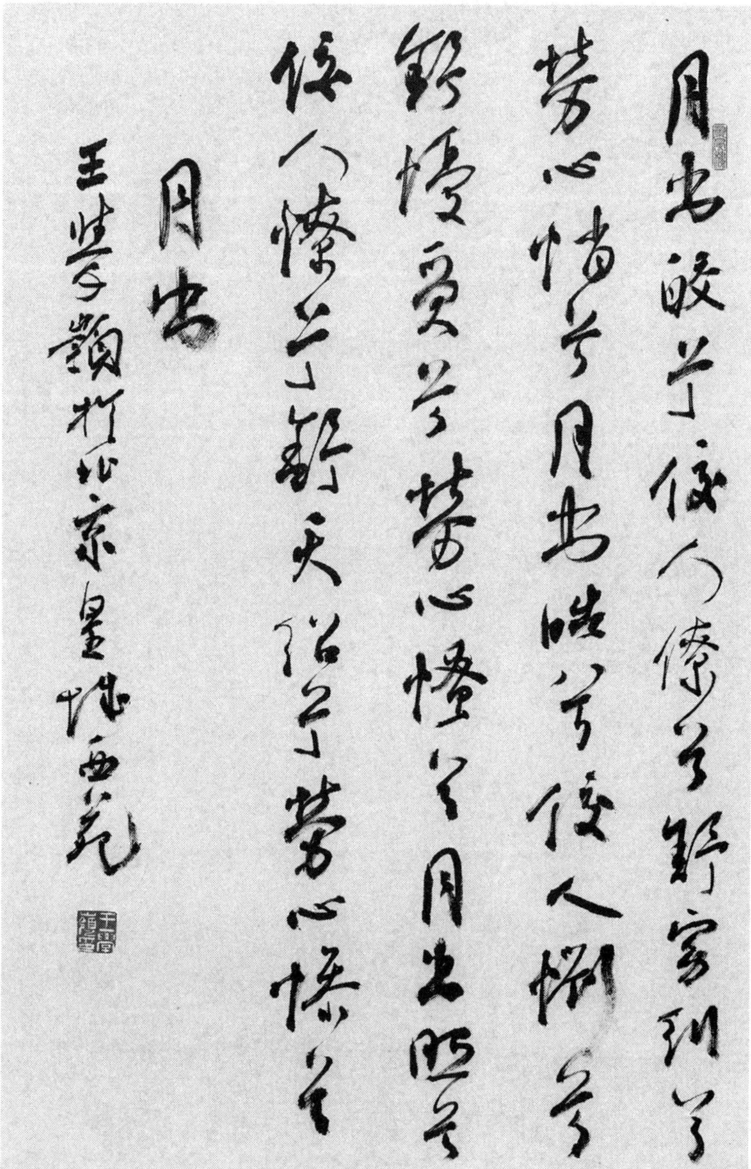

月出　　王学岭书

月　　出

月出皎兮，佼人僚兮。[①]
舒窈纠兮，劳心悄兮！[②]

月出皓兮，佼人懰兮。[③]
舒懮受兮，劳心慅兮！[④]

月出照兮，佼人燎兮。[⑤]
舒夭绍兮，劳心惨兮！[⑥]

【简　注】

①皎：月光洁白明亮。许慎《说文解字》：“皎，月之白也。”

佼：音 jiǎo，“姣”的假借字，美好。佼人，即美人。

僚：“嫽”的假借字，美好的样子。

②舒：轻缓，形容女子举止娴雅舒缓。《毛诗诂训传》：“舒，迟也。”

窈纠：音 yǎojiǎo，即窈窕之意，形容女子走动时体态优雅美丽。《毛诗诂训传》：“窈纠，舒之姿也。”

劳心：忧心。

悄：忧思深远的样子。

③懰：音 liǔ，“嬼”的假借字，妖冶妩媚。

④懮受：意同“窈纠”，形容女子行步舒徐婀娜。懮，音 yǒu。

慅：音 cǎo，忧愁不安的样子。许慎《说文解字》：“慅，动也。”

⑤照：作形容词用，光明的样子。

燎：明亮，形容女子在月光下姿容光彩照人。朱熹《诗集传》："燎，明也。"

⑥夭绍：意同"窈纠"，形容女子体态从容轻盈。

惨：因忧愁而烦躁不安的样子。或解为"懆"字之讹，亦同此意。

【诗　译】

明月皎洁了云影
女子惊艳着时光
那融入月色的款款
消磨着我微弱的希望

月光静谧如水
女子如水波间荷花绽放
又仿佛妩媚的游鱼
在我眼前画出五色的惆怅

月光辉映四方
女子轻盈成笛声悠扬
最是月色中浅浅回眸
如风般掠过我的心房

【散　论】

《诗三百》中，抒发男女情感的作品很多，风格不一，各有特色，在文学史上都产生了一定影响。《月出》是其中杰出的一首，其皎洁之光，不仅播撒在春秋，也照亮了汉唐，辉映着古今。从此，“月行总与人相随”，月行总与诗相随。

《月出》的美，是复合的。一是表达感情真挚细腻，读来有带入感；二是在句法、用词和韵律三方面都颇有特点，抑扬变化的句法美、委婉凝练的丽词美和繁音促节的韵律美，参差错落，相得益彰；三是营造了月下情思的美妙意境，开启了中国诗歌以月喻人、见月怀人的先河。

诗人漫步明月流辉的夜色中，远山近水，绿树红花，都沐浴着皎洁的月光，天地间一派安谧宁静。

“月出皎兮”是远镜头的摄取，“佼人僚兮”是特写镜头的聚焦。在月色中，女子“舒窈纠兮”，娴雅曼妙，摇曳迷离，亦真亦幻。月光之美和女子之美，自然融合又相互映衬，交织出空明剔透的朦胧意境。诗人的心神，在女子不经意的举手投足间起伏荡漾。天地间万物，尽融于月色，隐没在“佼人”身姿之外。

全诗三章，每章都是前三句描写月下女子亦形亦影的身姿，表现情绪的扬，最后一句抒发个人心理感受，表现情绪的落。感情的放与理智的收，前后错落，相互对比，深化了诗意。如同后世诗词中平仄的运用，让人读来自带节奏，形成韵律。

对于自己的内心感受，诗人没有过多涉笔，仅用“悄”“慅”“惨”三个程度逐渐加深的字来表现，而诗人的心潮起伏、愁肠百结，则已尽在其中。“佼人”虽好，却如天边明月，可瞻其姿，可浴其辉，而又遥不可及。爱之弥切的感情投入和随之而来的失落惆怅，交织成文学史上一道美丽的伤痕。

清人方玉润在《诗经原始》中评述此诗：

> 虽男女词，而一种幽思牢愁之意，固结莫解。情念虽深，心非淫荡。且从男意虚想，活现出一月下美人。并非实有所遇，盖巫山、洛水之滥觞也。

认为这首诗并非生活写实，而是为寄托某种情绪，借一特定环境，臆造活化人物，并指出这是宋玉《神女赋》、曹植《洛神赋》诗思笔法之发源。

这番评论，解读诗意发微，勾连古今有机，为宋玉笔下

“晔兮如华，温乎如莹，五色并驰，不可殚形”的巫山神女和曹植笔下“翩若惊鸿，婉若游龙”的洛水女神，探寻形象和意境源头，颇有见地。

中国历代诗歌中，人月相望、以月喻人、见月怀人的作品不胜枚举，为我们营造了一片澄澈古今的诗意天空。

李白的“若见天涯思故人，浣溪石上窥明月”“我寄愁心与明月，随风直到夜郎西”，杜甫的“露从今夜白，月是故乡明”“秋月仍圆夜，江村独老身”，苏轼的“但愿人长久，千里共婵娟”，辛弃疾的“唤起一天明月，照我满怀冰雪，浩荡百川流”，等等，赋明月以万象，寄圆缺以人情。

这文学史上印遍万川的明月，恰是那轮映照陈国故土、嵌入《陈风》诗篇的明月。

《诗经》对女性美的成功刻画，是其得以经久传颂的要项之一。在艺术表现手法上，大致归纳为三种。

一是采取工笔细描。比如《卫风·硕人》中描绘卫庄姜的美：

手如柔荑，肤如凝脂。
领如蝤蛴，齿如瓠犀。
螓首蛾眉。
巧笑倩兮，美目盼兮。

这种立体与细腻，这种通感与比喻，不仅影响着后世诗歌创作，也在曹雪芹《红楼梦》中随处可以看到，在何家英工笔仕女图中随处可以感受到。

二是用多角度的侧面描写加以烘托。比如《秦风·蒹葭》中“伊人”的可望而不可即：

蒹葭苍苍，白露为霜。
所谓伊人，在水一方。
溯洄从之，道阻且长。
溯游从之，宛在水中央。

这首诗意象朦胧，“伊人”未必就是一位美丽的女子，可能是久蓄胸间的人生理想，更像是王国维总结出的古今成大事业、大学问者必须经历的三种境界。但这种环境、行动、心理的多角度描写，已成功烘托出，“伊人”宛在中国诗歌长河的中央。

三是营造特定的意境来深化美的呈现。比如这首《月出》，将女主人公梦幻般地置于溶溶月色之中，愈发显出“佼人”之美，愈发显出“劳心”之真。正如郑振铎点评《月出》：

其情调的幽隽可爱，大似在朦胧的黄昏光中，听梵阿

林的独奏，又如在月色皎白的夏夜，听长笛的曼奏。（《插图本中国文学史》）

而宋玉《神女赋》中，将神女明月化：

其少进也，皎若明月舒其光。

也显然与此诗缘分很深。

这种亦真亦幻意境的营造手法和这种反复铺陈咏叹的文字笔法，都对后世文学创作影响很大，甚至形成了某种文学体裁的示范。牛运震《诗志》评价这首诗：

极要眇流丽之体，妙在以拙峭出之，调促而流，句聱而圆，字生而艳，后人骚赋之祖。

认为这首诗辞藻奇丽，节奏独特，是骚赋文体的源头。

古人注评《诗经》，常有大发现的惊呼，动辄提出，某诗为某文体之滥觞，某诗为某风格之发轫，某诗为某手法之源头，进而认为这一发现是自己的重大学术建树。如此这般，已成积习，不独表现在注《诗》，其他经史子集，也常被拿来“建树”。

中国文学发展中，任何一种体裁、风格、艺术手法等的形成，都是多源汇流，渐成沟壑，至关键处，有名家名篇出现，方为定势，楷模后人，并被后人总结出一套名堂，冠于其上。若轻易地就认祖归宗于某一作品，难免有挂有漏，不足服人。

牛运震这番评论，对《月出》一诗遣词用字的风格特点和进而形成的虚实明暗相生的意境，探究得深入而准确。这些也确为后世诗人不断学习借鉴，不断发扬光大。但如果就此判断出《月出》为“后人骚赋之祖”，却又少了很多论据要件，恐怕不能为荀子、屈原或班固、刘勰所认可。若从思想性与艺术性相结合，进而影响后世方面讲，《衡门》较之《月出》，则更能担当赋体源头大任。

对于《月出》的“句聱字生”，历代解诗家也深有同感。“懰”“慅”“懮受”等字词，让人既不便识读，又难究其意，以致有不少学者都怀疑用的是方言字。但如果再站开一点来分析，这里又不应该是在使用方言字。

一则，诞生于同一地域的《陈风》其他诸篇，都没有这样使用生冷聱牙的字句；二则，即便创作时用方言，周王室组织编删时，也会考虑颁行天下的需要，而予以润色修订，使其更明了；三则，对应方言发音写出相应的字，是一种文字学的创造，诗作者与其这般跨专业辛苦，不如采取《诗三百》常见的叠句反复，来得更明快更省事。

如果不是方言字，又该怎么理解《月出》的“句聱字生”呢？这恐怕还要循着诗意，来寻找诗人的用意。

这首诗歌营造的意境很美，只是这种美充满着迷离隐晦，让人无法清晰地感受。诗中的女子很美，只是这种美如同天边明月，遥不可及。与这种美相伴生的，是诗人内心无比惆怅失落，却又无从诉说。

这种种矛盾交织，凝成诗意、结成愁绪、诉诸诗篇，都需要借助于文字。而文字往往太坦白，让人一览无余，隐藏不得。那就不如找一些，或造一些世人不熟悉，又能影射比衬内心情绪的字来。至于后人还有注释、翻译、考据的活儿，诗人想必是不知道的，也顾不了那么多。

于是，那一个个让人识不得、读不得、解不得的字出现了，确实帮助作者遮掩了很多东西，却又拓宽了诗的意境，增强了诗句的张力，也让《月出》即使是在骄阳之下或浓云之后，依然能够古今共婵娟。

像对任何一种美好事物的评判一样，肯定《月出》的境美情真，始终是千百年来解《诗》主流。但也有人审美异趣，独辟蹊径，提出不同观点。只是即便自己趔趄走过，也难再有人跟进，终使草没荒径。

比如，《诗序》称："《月出》，刺好色也。在位不好德，而说美色焉。"显然是所述之言与所论之物差之甚远，强词曲解，不被后世认同。

再如，有人解释为，是作者在将内心的困顿，"托兴"于君亲朋友之间。这也明显与诗意不符。

至于有近代学人把《月出》阐释成是在哀悼被昏君杀害的君子，虽然别有用意，却也太离谱，太煞风景。我们不会因为有人拿玫瑰刺人，就指责鲜花是凶手，也不会沿着这一思路，去强求《月出》的斗争性。

株林

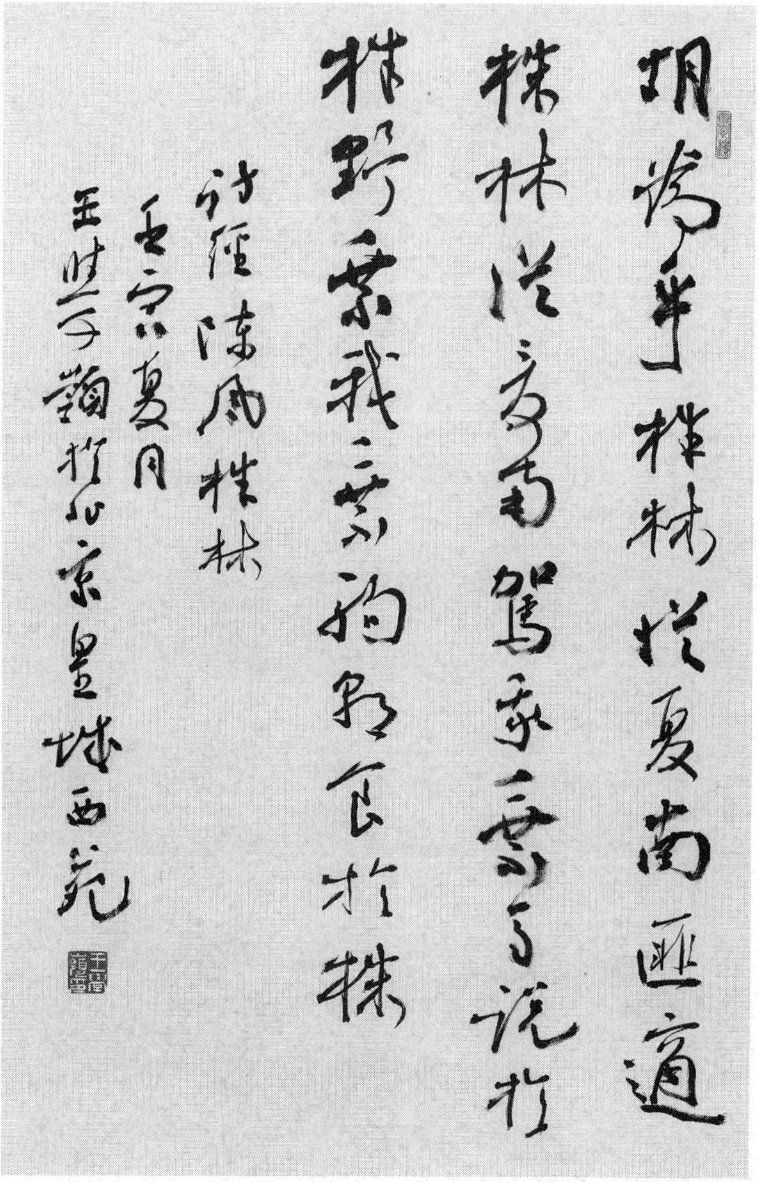

株林　　王学岭书

株　林

胡为乎株林，从夏南。[①]
匪适株林，从夏南。[②]

驾我乘马，说于株野。[③]
乘我乘驹，朝食于株。[④]

【简　注】

①胡为乎：何为？这里的意思是“为什么要去”。乎，语气助词。

株林：株，陈国邑名，应为宗庙所在，也是聚众歌舞的地方。林，城的远郊。“株林”与下章“株野”对文。许慎《说文解字》：“邑外谓之郊，郊外谓之野，野外谓之林。”

从：跟从，追随。

夏南：或并列关系，指中原地区的音乐和以楚为中心的南方乐舞；或偏正关系，指中原地区以南，包含楚地的音乐歌舞。

②匪：通“非”，不是。一解通“彼”，他们，那些人，亦通。

适：往，去。

③乘：音 shèng，古代一车四马为一乘。按照周代礼仪，为诸侯出行时的用车。

说：音 shuì，停息。一解为“悦”之讹，欢乐之意，亦通。

④乘我乘驹：前“乘”为动词，乘坐之意。后“乘”为量词，四马之车。驹，幼而壮的骏马。在《诗经》中多有出现，均指幼马。何休《春秋公羊解诂》：“大夫以上至天子，皆乘四马……诸侯曰马，高六尺以上。卿大夫、士曰驹，高五尺以上。”以身高区分马与驹，不知所据。

朝食：吃早饭。

【诗 译】

车轮急驰
飞矢般划破晨雾的弥漫

何以匆匆在
通向株林的官道
何以匆匆在
三千年时光的彼岸

钟磬如天籁响起
天籁如风
楚舞楚乐交汇出
神灵的感叹

晨曦渐露
马鬃飞扬成酣畅的水墨

株林在望
心跳轻叩着激越的鼓点

从容的不是周礼和大夫
是包容无数匆匆的岁月
和那顿被重重质疑的
株林早餐

当我们看明白这些
不知已过去了多少年

【散　论】

《株林》是一首自汉代以降2000余年间，无数解诗家认识较为一致的诗，均从“刺灵公也”，即揭露谴责第十九任陈侯陈灵公。并在这一题义之下，展开推论考据，深文周纳，步步深入，代代相沿。

为什么对《诗经》诸多篇章解读时，不同时代、不同学者异议迭出，而对这一首仅有短短八句且语焉不详的小诗却千古同论？原因大致有三：

一是《诗序》先声夺人：“《株林》，刺灵公也。淫乎夏姬，驱驰而往，朝夕不休息焉。”以权威之势而立论，后人多从《诗序》之说。虽然也有人提出是讽刺灵公、孔宁、仪行父三人的，但立论的方向还是一致的。

二是这一论点看似于史有据。《左传·宣公九年》与《左传·宣公十年》中，翔实生动地记载了“陈灵公与孔宁、仪行父通于夏姬”，陈灵公为夏姬之子夏征舒射杀，引发陈国内乱，陈第一次为楚所灭的历史事件。

三是“美刺”说符合汉代以来形成的政治伦理和社会道德观，有助于表达儒生们托古改制的愿望和借古讽今的意图，有利于封建统治者以儒家思想观念形成约束规范。

于是，后人每遇此诗，都在“刺灵公”这一题义之下，引经据典地论述诗史之印证，津津有味地介绍灵公之被杀，不惜回避或着意软化种种硬伤。

研究分析《诗经》汇集编纂的宗旨、方式和流传的时代背景，以及《株林》诗文中的几处关键概念，不难发现，诗史互证虽然是千年相沿的好的学术传统，但汉儒解《诗》时，“以史证诗”却时有牵强与偏颇。

其一，《诗三百》是西周至春秋中叶不同时期、不同地域的作品，之所以能够汇聚而成，不外乎采诗与献诗两种渠道。

周王室设立一种叫“行人”的采诗官职，专事到各地民间采集诗歌：

> 行人振木铎徇于路，以采诗，献之大师，比其音律，以闻于天子。（班固《汉书·食货志》）

或者是规定，凡年满60岁的男子和年满50岁的女子，没有子女且身体健康者，从事采诗工作：

> 官衣食之，使之民间求诗，乡移于邑，邑移于国，国

以闻于天子。(何休《春秋公羊解诂》)

无论是设置官职为之，还是以工代赈地征用民众力量，都形成了制度。或是前后相继设立，或是同时并存。今天常说的文艺创作“采风”一词，即源于此，但内涵已大为不同。周王室的“采诗”，是在以风察政、以风观化，是社会治理的需要。今天所讲的“采风”，则主要是指深入生活，寻找文艺创作的灵感和素材。

另外，据《国语·周语》记载，周王室“使公卿至于列士献诗”，以“补察其政”，就是动员贵族和知识分子，创作并进献诗歌。

采诗也好，献诗也好，都是充满理想浪漫色彩的治政之道。采诗于野，以诗察风，以风补政，既有政治责任，又有民生情怀，还有人文色彩，确是一种原始社会治理的理想主义手段。但无论如何理想浪漫，采诗者与献诗者也不便将讥讽诸侯国国君的歌谣谱上曲子，献之于朝廷。周王朝统治者更不便将其汇集成册，广而传之。

其二，周王室劳师动众地搜集各地民间歌谣，目的是了解掌握民心风俗，以固其“王化之基”。

《礼记·王制》记载：

(天子)命大师陈诗，以观民风。

《汉书·艺文志》也讲道：

> 故古有采诗之官，王者所以观风俗，知得失，自考正也。

而《株林》的内容若解作灵公通夏姬，那么，这只是陈国奴隶主贵族的私生活，无碍民风，也不致危及周王朝统治。且历任陈侯，均对周天子恭之以礼，拥戴有加，在当时多数诸侯国失礼乱序的情况下，陈国始终是周王室政令礼制的遵从者。周王室似乎没有必要从众多民间歌谣中，把这样内容的一首选编进去，以自揭其丑或刺激陈国贵族。

其三，十五国风反映各地风俗人情，多为社会下层人士吟诵出的民歌，往往以坦率、质朴、直白为特色，不事雕琢，不那么隐晦婉曲，正如何休《春秋公羊解诂》所言：

> 男女有所怨恨，相从而歌。饥者歌其食，劳者歌其事。

都是很自然的事。

而历代学人解《株林》，却盘桓曲折，发幽探微，穷尽“味外之旨”，先定罪后推论，为赋诗而说愁，忽视《诗经》

形成的时代背景，背离文学创作的内在规律。

解《诗》本应以诗为的，循其辞章，探其情境，张其志向，而不应该以诗为箭，另设靶子。

朱熹曾在《朱子语类》中批判《诗序》：

> 大率古人作诗，与今人作诗一般，其间亦自有感物道情，吟咏情性，几时尽是讥刺他人？只缘序者立例，篇篇要作美刺说，将诗人意思尽穿凿坏了！且如今人见人才做事，便作一诗歌美之，或讥刺之，是甚么道理？

对于诗歌，朱熹既是实践家又是研究家，体会深刻。这番批驳，说明白了作诗就是感物抒情，读诗就是寻找共鸣，此外强加其上的，都是雕饰穿凿之举。讲得殊为透彻畅快。

可惜的是，朱熹整体上质疑“美刺”说，但在具体解析《株林》时，却又未能坚持自己的作诗观和读诗观，走在了“刺灵公”的老路子上。但他所揭示的道理，有助于我们从诗的本质和诗歌创作的规律来认识《诗经》，认识《株林》。

其四，“刺灵公”说的立论之基，是“从夏南”三字和对“夏南”强为鹿马的解释。

首先是《毛诗诂训传》提出：“夏南，夏征舒也。”孔颖达《毛诗正义》又作进一步疏解：“征舒字子南，以氏配字，谓之夏南。楚杀征舒，《左传》谓之‘戮夏南’，是知夏南即征舒也。”史间浩浩，诗言杳杳，就这样定“夏南”为夏征舒，着实不能让人信服。

一则，“夏南”是否是人名尚需考证。十五国风，凡160篇，提到人名的仅数首，分为两类：一是泛称或代指，如“孟姜”“子都”；一是表达敬仰或鸣不平，如“召伯”“孙子仲”“郇伯”“奄息”“仲行”“鍼虎”等，均是民间、王室都认可的正面形象。夏征舒受辱而弑君篡位，终被戮杀，在这里以其名入诗，即便是为“刺灵公”而拿他说事儿，也有违《国风》选编的成例和标准。

二则，把“夏南”解释为夏子南，是以氏配字的省略使用，显然是有违常理的。《诗经》中提到人的字号，使用得都很清晰，如“子都”“吉甫”“蹶父”“南仲”等。与其大致同时代的《左传》中，更是处处严谨。如《襄公二十二年》：“王遂杀子南于朝。”子南是楚国贵族，熊氏，名追舒，字子南。再如《襄公三十一年》：“子产之从政也，择能而使之。”子产是郑国贵族，公孙氏，名侨，字子产。凡此随处可见，没有随意省略使用的。我们最为熟悉的孔丘，字仲尼，从未见过哪本书中简称其为孔尼。

三则，后人所见《左传》记载“戮夏南”，何尝不是传抄中“戮夏子南”的漏写。抑或是指地域，即在夏南一带大肆杀伐。夏氏封地，从人文地理概念上讲，是处在诸夏以南，这也与史书所载楚人灭夏氏族，迁其封邑百姓到楚地相吻合。

其五，株林究竟是个什么地方？位于何处？《毛诗诂训传》称："株林，夏氏邑也。"后人也提出"株"为夏氏邑。历史上夏御叔及夏征舒封地，有西华说和柘城说，一般认为在今河南省西华县西夏镇一带。没有任何史料显示这里汉以前曾称为"株林"或"株"，后来"株林"或"株"这些地名指向这里，是源自汉儒注诗。而汉儒注《株林》，先设定"刺灵公"的剧情，再定"株林"为邑名，沿此思路，寻找故事发生地，已是处处失据。一人臆断，遂成千古之论。

其六，陈国都城距夏氏封邑，按西华说，约110里，按柘城说，还要更远。依当时车辆和道路状况，陈灵公乘车去会夏姬，至少需要5个多小时。以他一国之君的身份，不可能夜宿荒野，也不至于凌晨两三点钟就动身赶夜路，他又怎么能"朝食于株"呢？可见，依前人意来解读，把株林定为夏氏封邑，客观上也存在很大偏差。

综上，将《株林》旨意定在刺灵公，于史有疑，于情有悖，于据莫考，只能算是诗学研究的一家之言。

那么，《株林》一诗的短短八句，究竟在说什么呢？我们也不妨从"夏南"来破解这一密码。

"夏"的概念，是"三代"研究中一个重要问题。

夏朝疆域大致包括今天陕西、山西、河北、河南、山东等地，夏亡于商后，这一区域内的列国仍泛称诸夏。到了春秋时期，更是将济、洛、河、颍之间的地域，视为夏之正脉、周之礼序正统所在。如《论语·八佾》称：

> 夷狄之有君，不如诸夏之亡也。

《荀子·儒效》讲：

> 居楚而楚，居越而越，居夏而夏。

夏，成了带有浓郁文化意蕴的地理名词。由于楚国的强势崛起和楚文化的影响，中原与楚接壤的地方，甚至楚地，时常被称为夏南。

“夏”字，按甲骨文和金文字形辨识，或依许慎《说文解字》的解释，都是指“雄武的中国人”，后引申为光明盛大之义。

夏禹以人格楷范后世，夏朝以制度与治理楷范后世。周伐殷商，时时会扬夏的名义。周朝建立，处处彰显对夏的尊重和纪念。如：专列夏史研究之职，编《夏书》。六官中，掌军政与军赋者为夏官。王宫殿宇中最为宏大的建筑，称为夏宫。周王室的音乐，称为夏声。《周颂·时迈》：“我求懿德，肆于时夏。”郑玄笺解为“乐歌大者称夏”。《周礼·春官》：“（大司乐）舞《大夏》，以祭山川。”周室山川之祭隆重使用的《大夏》，就是传说中夏禹所创乐曲。

古文字中，“夏”“雅”二字互通，夏声即雅声，即“中原王之正声”，是王室认为标准、高尚、典雅的音乐，可以引导校正四方之音。《荀子·王制》：“声则凡非雅声者举废。”意思是，凡不是王室雅声的音乐不能公开演奏咏唱。

南，在《诗三百》和大量先秦典籍中，特指以楚地为主的南方地区的音乐或乐器。如《礼记·文王世子》中的“胥鼓南”，讲的是周室王子在学习舞戈时，乐官击奏起南夷之乐作伴奏，也有人解释为击打南这种乐器。“南”字的甲骨文和金文字形，都是下面是桶鼓状，上面是悬挂的绳索，无论是木质、石质还是青铜质，都是一种可以像编钟一样挂起来击打的乐器。南的音乐或乐器属性，早已是学界定论。

傅斯年《〈诗经〉讲义稿》认为：

> 音乐本以地理为例，自古及今皆然者。《诗》之有《大雅》《小雅》，正犹其有《周南》《召南》。所谓“以雅以南”，可如此观，此外无他胜谊也。

“夏南”的含义，已经明确地指向音乐。或是指诸夏之南之地，也就是淮河流域及以南地区的音乐；或是庄重浑穆的夏乐与诡异神秘的楚地乐舞的合称。

属于诸夏之地的陈国，南与楚国接壤，文化与风俗多受楚国影响。这在《陈风》中的《宛丘》《衡门》等篇和《左传》

等史料中，都有程度不同的反映。《株林》所表现的，也当是主人公参与夏南歌舞活动时的急切之情。

由此推测，株林是一处景色宜人的歌舞场所，开展公众性、规律性的活动。先秦时期，聚众歌舞往往带有祈福降神色彩，或与祭祀活动相伴，所以，株林很有可能是陈国宗庙所在地的别称。

这里距陈都城不远，地势开阔，绿树掩映，每逢宗族祭祀之日，比如《东门之枌》篇散论中提到的天干刚日，民众相聚在这里。祭祀祖先时演奏的庄重典雅的夏乐与自发演奏的神秘悠扬的南乐，此起彼伏，交相辉映，整个宗庙所在的株林，成了一个音乐大剧场。

诗的主人公是什么人？诗中没有交代，只透露出他乘坐着四匹马拉的路车。按照周朝礼制规定，比如《逸礼·王度记》明确记载“天子驾六马，诸侯驾四，大夫三，士二，庶人一”，主人公似乎只能是有资格“驾四”的陈侯，而非一般的贵族或平民。

周礼的内容极其丰富，文献称“经礼三百，曲礼三千”，包括了周代的一系列政治制度和社会与家庭行为规范。

夫礼者，所以定亲疏，决嫌疑，别同异，明是非也。（《礼记·曲礼上》）

对于周礼的很多规定，后人的认识是不一致的。比如周天子乘车出行“驾六马”，应该是很明晰的事，但在东汉几个经学大儒间，却形成了很大的争论，各有所据，各有妙论，一直延续了1800多年，直到21世纪初，洛阳城区东周“天子驾六”车马坑被考古发现。

而这处车马坑的出土，说明“驾六”规制与现象在东周是存在的，但此处使用者未必就一定是天子。其后不久，湖北枣阳九连墩战国墓发掘中，也有“驾六”出土，其主人是僭越礼制的楚国大夫。2021年初，南阳市疑为东周王子朝墓的“不见冢”发掘现场，又有“驾六”出土。

可见，“驾六”固然有，未必天子；周礼固然有，未必遵循；《诗经》固然这样写，未必对应等级。

“驾四”也是这样。春秋时代，乘坐四匹马车辆出行的情况更是复杂，仅从《诗经》描述来看，很多并不符合周朝礼制。

朝臣民间访贤，可以“我马维驹，六辔如濡”（《小雅·皇皇者华》）；将军征战，可以“四牡騑騑”（《小雅·四牡》）；诸侯嫁女，可以“四牡有骄”（《卫风·硕人》）；贵族迎亲，可以“四牡騑騑，六辔如琴”（《小雅·车舝》）；猎手打猎，可以“乘乘马，执辔如组，两骖如舞”（《郑风·大叔于田》）；等等。可见，只要出行需要，无论是排场的需要，还是安全的需要、舒适的需要，条件允许，都可以“驾我乘马”，而不必就是诸侯。

这样梳理开来，对《株林》的理解也就豁然开朗了。

主人公是一位陈国贵族，是一位虔诚的祭祀者，更是一位狂热的音乐发烧友。

天色刚亮，他就步出府邸，坐上马车出城，向着那人群聚集、香火缭绕、乐声起伏的株林驰去。为什么要赶去株林呢？不是因为那里树木葱郁，不是因为那里鸟语花香，不是因为那里晨风拂面，而是因为那里有告慰祖先的丝竹，踏歌起舞的钟鼓。主人公行色匆匆，既是要在东方日出之时，以飨列祖，又是要与那众多的善男信女一道，欣赏引来神灵带来吉祥的动人音乐。

主人公是那么急切，“驾我乘马”，要么是身子前探，连声催促车夫，要么是亲自执鞭，频频促马。就像我们今天赶赴一场音乐会，也会在路上频按喇叭，紧踩油门。远远的，株林在望，主人公才想起自己的士大夫身份，应有的仪态还是需要的，让车子慢下来，整理一番装束，敛容端坐，“乘我乘驹”，缓缓地驶入株林，在琴瑟钟磬声中，虔敬地沐手上香，安闲地用膳，然后，融入无边的音乐舞蹈海洋。

“驾”的激越与“乘”的沉稳，将主人公既要尽快赶到目的地置身舞乐之中，又要在民众面前展现士大夫雍容气度的微妙心理，表现得淋漓尽致。

这样的《株林》，合乎古人诗歌创作的规律，合乎周王室

《诗三百》汇集的情理，合乎以诗为经的目的准则。

这样的《株林》，合乎基本人文地理概念，合乎时代生产力发展条件。

这样的《株林》，合乎陈国士大夫的礼乐旨趣，合乎弥漫古今的清新陈风。

这样的《株林》理解，更合乎诗句间无可回避的语感。把一切推理论证都拿掉，深品细味其间的语感，才是解开诗歌本意的密钥。

泽陂

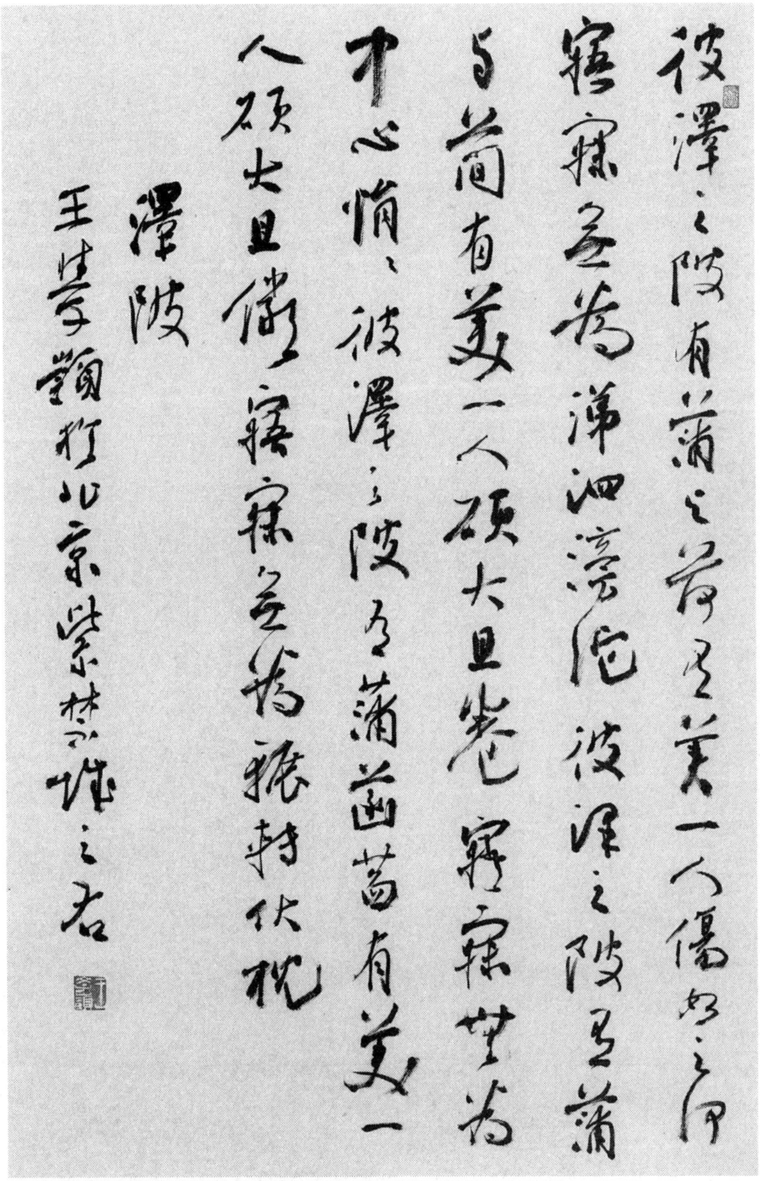

泽陂　　王学岭书

泽　陂

彼泽之陂，有蒲与荷。①
有美一人，伤如之何！②
寤寐无为，涕泗滂沱。③

彼泽之陂，有蒲与蕑。④
有美一人，硕大且卷。⑤
寤寐无为，中心悁悁。⑥

彼泽之陂，有蒲菡萏。⑦
有美一人，硕大且俨。⑧
寤寐无为，辗转伏枕。⑨

【简　注】

①泽：池塘、湖泊。

陂：音 bēi，池塘边的堤岸。

蒲：一种水草，叶狭长柔韧，可编织成席或蒲团。朱熹《诗集传》：“蒲，水草，可为席者。”

荷：这里指荷叶，下文的“蕑”指莲蓬，“菡萏”指荷花，各有不同。后来这三个名称与“芙蕖”“芙蓉”均可通用。

②有美一人：即有一美人，是对美的强调。

伤：“阳”的假借字，是第一人称代词。《尔雅》：“阳，予也。”

如之何：即如何接近她，如何对待她。

③寤寐：醒着和熟睡。指思念不断。

无为：无以为之，没有解决的办法。

涕泗：眼泪鼻涕。

滂沱：原意是雨下得很大的样子，这里引申为形容泪如雨下。

④蕑：音 jiān，莲蓬。郑玄《毛诗传笺》：“蕑，当作莲，芙蕖实也。”一说是兰草。

⑤硕大：形容身材修长。在《诗经》中，通用于男女。

卷：音 quán，通“婘”，容貌美好。《毛诗诂训传》：“卷，好貌。”

⑥中心：即心中，内心感受到。

悁悁：音 yuān，忧郁不乐的样子。王先谦《诗三家义集疏》：“悁悁，盖悲哀不舒之意。”

⑦菡萏：音 hàndàn，荷花的别称。《尔雅·释草》：“荷……其华菡萏。”

⑧俨：音 yǎn，端庄、矜持。

⑨辗转：形容翻来覆去，卧不安席。辗，三家《诗》中作“展”，许慎《说文解字》中没有“辗”字，是后人合成的字。张揖《广雅》训释“展转”即为“反侧”，是同义词。

【诗　译】

湖畔野径幽长
湖中蒲草与荷叶交错着时光
美丽的女子光影中走过
水面荡漾着我无奈的忧伤
日夜的思念
被情到深处的泪水打湿
无处安放

湖畔野径幽长
蒲苇摇曳，莲蓬轻荡
美丽的女子光影中走过
修长的身姿，曼妙成人间万象
日夜的思念
沉积成孤枕边的
忧郁惆怅

湖畔野径幽长
荷叶田田，蒹葭苍苍
美丽的女子光影中走过
舒缓的身姿矜持而端庄
日夜的思念
被无边的失落风化为
地老天荒

【散　论】

泽陂，就是我们今天讲的湖畔。这里，有“天光云影共徘徊”，有“荷风十里送新凉”，有“杨柳岸、晓风残月”，有“听取蛙声一片”，总是生长着无限的诗情画意。

《诗经》中很多诗篇的故事都发生在湖畔水岸，多涉男女之情，或是“风雨如晦，鸡鸣不已”的浪漫明快，或是“既见君子，云胡不忧”的辗转沉郁，或是“溯洄从之”“溯游从之”的扑朔迷离，但都质朴自然，真挚纯净。

《泽陂》，就是其中很有代表性的一首。其特点之一，就是不与湖畔的诸般风景产生共鸣，而独自伤感。

全诗分为三个章节，每章六句。三个章节的句式结构大致相同，遣词用字颇具匠心。

每章开篇一句“彼泽之陂”，是故事发生的地点，也是诗人情感系念的地点，反复吟咏，像是电影中的叠印镜头，表现出诗人无法释怀、无以排遣的思念。

既然称“彼”，就表明了距离感。或是空间上的距离，诗人隔水望去，女子尽在对岸款款；或是时间上的距离，诗人归来夜不能寐，脑海中满是白天那处湖畔；或是虚实间的距离，是诗人意念中为心仪之人特设的场景，抑或这一切都是诗人的想象。

一个“彼”字带出的距离感，强烈地暗示出诗意的走向和故事的结局。

每章与之相接的三句，“有蒲与荷”“有蒲与蕳”“有蒲菡萏”，简约中有变化，并列中有递进。蒲草始终在静静摇曳，莲叶田田，莲蓬轻荡，莲花盛开。湖畔物象万千，生机无限，诗人何以只写了蒲与荷，而不及其他呢？

从诗意理解，诗人远远关注的，只是那个女子，而且是在极度忧伤失落情绪下的关注，这个时候，是顾不上柳浪闻莺、花港观鱼了。而蒲与荷的出现，不是诗人尚有雅兴，可以设想为，是那个女子在湖畔拨开蒲草，采莲赏荷。诗中的蒲与荷，只是女子意象的延伸。

从诗技理解，《诗三百》时代，诗歌创作中大量的铺陈状物、寄情抒怀手法，只是初露芽角，还不成熟，难以准确驾驭，没有广泛运用。到了屈宋的楚辞时代，才渐成气候。汉赋诸家予以光大，形成文体风尚。

在整个环境被诗人主观感受删繁就简之后，那个美丽的女子出场了。女子应该是很美，但具体怎么美，美到什么程度，诗人最初没有描述，而是直接写出了自己的内心感受：“伤如之何!”这里的“伤如之何”，不是设问，不是方法与路径探索，而是无以言状的无奈与感叹。

在后面两个章节中，诗人才相继描述到女子的美，“硕大且卷”“硕大且俨”，身材修长多姿，举行端庄大方。仅此而已，没有其他更具体生动的描述。因为是隔水远望对岸的女子，无法仔细观察，无法关注细节，只能是这样了。而这样的视野与角度，也更适宜于诗人转而表现自己的内心感受。

那么最能打动诗人的“俨”，即女子的矜持与端庄，又怎么会远距离观察得到呢？这里隐约透露出，诗人远远地关注那个女子，不是偶然这一次，而是有一段时间、有多次机会了，对于女子的身世、教养、性格，已有了一定的了解，且已被深深打动。所以，才会“有美一人”刚一出场，诗人即长叹“伤如之何”；才会即便远距离看去，也会为那矜持与端庄彻夜无眠。

于是，这位也曾湖畔行吟、长堤漫步的诗人不能自已了。在无限的幽怨惆怅中，望断云起云落，在彻夜的孤寂愁苦中，任它月圆月缺。诗中表现出诗人的痛苦感情是逐步变化的，不是由缓而急，而是由激而徐，由骤然激越而渐趋舒缓，像是贝多芬《命运交响曲》的旋律节奏，由骤然的命运敲门声引发强烈震撼，到对命运的抗争，再到坦然于命运的跌宕起伏。表面的渐缓，更觉意味的深长。

诗人先是“涕泗滂沱”，痛由衷出，泪湿青衫，无助无望之情跃然笺上；随后，他收住眼泪，表面平静了，但仍是“中心悁悁”，止不住愁肠百结；再后来，诗人避开外界的目光，“辗转伏枕”，长夜星空都陷于无限的思念。朱熹《诗集传》中剖析此处：

> 辗转伏枕，卧而不寐，思之深且久也。

一语揭示了人物心灵深处的苦痛。

三个章节的三句结语层层递进，从有声到无声，从白天到夜晚，从忧思到不眠，一层比一层深沉强烈，一层比一层无奈无望，读来着实令人不禁扼腕。

遇到美轮美奂的事物，第一反应不是如何醉心欣赏，不是如何努力拥有，而是感叹自己与美好事物距离的不可逾越，表现出无奈无助的伤感忧虑。类似情绪，在《陈风·宛丘》篇中也有表现：

> 子之汤兮，宛丘之上兮。
> 洵有情兮，而无望兮。

在十五国风中，此类场景与心理描写的诗篇很多，但表现出的内心情绪与行为风格是大不相同的，侧面反映了不同的地域文化特点。

比如《秦风·蒹葭》中：

所谓伊人，在水一方。
溯洄从之，道阻且长。
溯游从之，宛在水中央。

这是一种多方努力的态度，完全是寻求真理与理想的坚定，是水路版本的“路漫漫其修远兮，吾将上下而求索”。

再比如《郑风·野有蔓草》：

野有蔓草，零露漙兮。
有美一人，清扬婉兮。
邂逅相遇，适我愿兮。

野有蔓草，零露瀼瀼。
有美一人，婉如清扬。
邂逅相遇，与子偕臧。

同样是野外不期而遇，同样是清扬有美一人，却自然地走向适愿偕臧的美好结局。

再比如，以格调纯正著称于文学史的《周南·关雎》中：

窈窕淑女，寤寐求之。

求之不得，寤寐思服。

悠哉悠哉，辗转反侧。

有过挫折，有过不眠，但勇于行动，敢于坚持，且行之有道。“琴瑟友之”“钟鼓乐之”，以礼乐之道寻求共鸣，既展示了才华，又沟通了价值观和世界观。这在春秋时代，是将国之大者、民之愿者与情之系者紧密结合在了一起，所以，才成就了《关雎》的经典地位。

而《泽陂》《宛丘》的作者，为什么总是独自黯然神伤？为什么遇见心仪的人，先自陷于“无望”“无为”的情绪之中呢？这种特殊的心态，是一种特定社会文化环境长期熏陶浸染的结果。

陈国宗族因是舜的后裔，有着虞舜以德以礼治理国家的基因；因受恩于周王室，且有不断巩固的姻亲关系，陈国对周王室忠诚有加，对周礼更是不遗余力地尊崇恪守。这些都深深烙印在陈国子民血脉之中，成为日常自觉的行为规范和心理反应。

周礼的内容，可大致分为三个层面：一是礼义，即礼的道德人伦合理性；二是礼仪，即礼的行为表现性；三是礼俗，即礼的社会普及性。

这让人们，特别是礼的观念根深蒂固的陈国人，每遇事，首先想到的是应该不应该、合适不合适，片面地强化着“不应该、不合适”的自我心理暗示。表现在男女感情上，即僵化地以礼的标准，划定距离，约束自己，由此而无望无为。

而前文所列举的几首诗，《秦风·蒹葭》诞生于周王朝西部边陲之地，这里民风坚韧率真；《郑风》产生之地郑国，随周平王东迁后，较早“礼崩乐坏”，民风开放；《周南》诸篇创作于西周初年的陕西岐山及南至江汉一带，礼制尚未化俗，或尚未及于其境。所以，这些地方人们的心态和行为，都更能够本能而率性，表现在诗歌上，即不为情所困，没有压抑感。

这只是不同地方受文化影响，民众心态和行为方式的不同，不能形成诗歌艺术水准高低之分，而是成岭成峰，乐山乐水，各有各的味道，各有各的感染力。

《泽陂》中那个有蒲与荷的泽，应该就是今天环绕淮阳老城的龙湖。这里水面开阔，环境优美，自西周初年，陈胡公妫满率众兴建陈国都城，因势取土，引水拓湖，近3000年间，始终是一处让人流连忘返的游乐胜地。

数千年时光中，围绕这一方水面，贴满了无数人文标签。

被誉为“人文始祖”的太昊伏羲氏，在这里仰观天象，俯察龟纹，创演八卦，“以通神明之德”，开启中华文明的大道之源。

为传播儒家思想而周游列国、牛车奔波的孔子，在这里为人所困，绝粮七日，仍目送飞鸿，弦歌不止，并完成了人生价值追求的洗礼与升华。

立下“首义之功”的陈胜、吴广，在这里建立张楚政权，完善制度，招贤任能，在中国的历史舞台上，首次让被统治者站在追光灯下，成为主角。

以一己之身揽尽天下八分才华的曹植，视这里为自己人生最后一处驿站，凭吊羲陵，梦会洛神，行吟放歌于彼泽之陂，留下一代陈王的落寞。

以“器识文章”并称的苏轼、苏辙兄弟，在这方湖光渔唱之间，筑台读书，诵老庄之章，参云水之变，认知生命，洞达通透，终为人生智者。

凡此种种，无不在更广泛、更深厚的层面，诠释着《泽陂》，渲染着蒲与荷。

诗中写到的蒲，与《小雅·鱼藻》中“鱼在在藻，依于其蒲”，《大雅·韩奕》中“其蔌维何，维笋及蒲”所言及的蒲，是同一种植物。它又名香蒲，丛生水中，在我国南北方广泛分布，有着较高的经济价值，可应用于制药、造纸、食品加工和编织等。其嫩根称为蒲菜，生食或烹烧皆可口。

相传，孔子厄陈绝粮，靠着采食湖水中的蒲菜撑了七天。所以，古陈国这一带，至今仍称蒲菜为圣人菜，也是当地人款待嘉宾时，可以聊上几句的典故菜。

湖畔，是个意象很鲜明的词。可以天边数雁行，可以枕石待云归；可以发濠上之问，可以起爱莲之兴；可以寻古人踪迹，可以待来者身影。

湖畔，古往今来，都生发着无尽诗思。唐人杜荀鹤“诗中难得友，湖畔喜逢君”，既赏风光，又遇同道；唐人张乔“岂得恋樵渔，全家湖畔居”，寻求湖畔的衡门栖迟；宋人苏轼“绿发寻春湖畔回，万松岭上一枝开”，虽然寻得艰辛，却颇有收获；宋人范成大“监湖春色漫芳菲，付与青青湖畔草”，不带一根草去，赢得满怀绿色。

而100年前的杭州“苏堤春晓”季节，西子湖畔，几位意气风发的青年，相聚成立“湖畔诗社”，“真正专心致志做情诗”（朱自清语）。千古之下，遥承《泽陂》遗韵。

如果说《月出》创造了文学史上人月相照、情景交融的全新时光舞台，《泽陂》则创造了文学史上彼岸难及、情景相背的全新空间舞台。

在这舞台上，上演了无数的悲欢离合、阴晴圆缺，凝结了无尽的落寞飞扬、诗思歌怨。至今，仍然生机无限。

附篇

小雅·节南山

小雅·巧言

周颂·有瞽

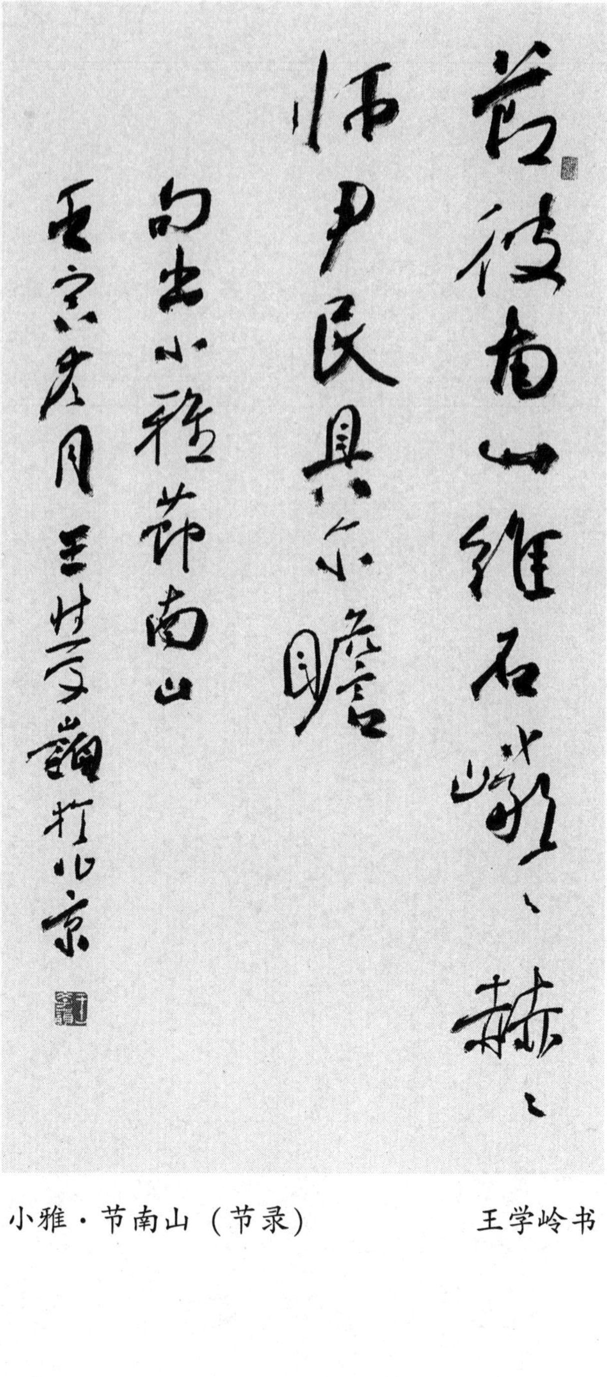

小雅·节南山（节录）　　　　　　王学岭书

小雅·节南山

节彼南山，维石岩岩。
赫赫师尹，民具尔瞻。
忧心如惔，不敢戏谈。
国既卒斩，何用不监？

节彼南山，有实其猗。
赫赫师尹，不平谓何？
天方荐瘥，丧乱弘多。
民言无嘉，憯莫惩嗟。

尹氏大师，维周之氐。
秉国之均，四方是维。
天子是毗，俾民不迷。
不吊昊天，不宜空我师！

弗躬弗亲，庶民弗信。
弗问弗仕，勿罔君子。
式夷式已，无小人殆。
琐琐姻亚，则无膴仕。

昊天不傭，降此鞠讻。
昊天不惠，降此大戾。
君子如届，俾民心阕。
君子如夷，恶怒是违。

不吊昊天，乱靡有定。
式月斯生，俾民不宁。
忧心如酲，谁秉国成？
不自为政，卒劳百姓。

驾彼四牡，四牡项领。
我瞻四方，蹙蹙靡所骋。

方茂尔恶，相尔矛矣。
既夷既怿，如相酬矣。

昊天不平，我王不宁。
不惩其心，覆怨其正。
家父作诵，以究王讻。
式讹尔心，以畜万邦。

【散　论】

《风》《雅》《颂》四诗中，有数量不少的政治抒情诗，其中的讽刺鞭挞之作，集中在《风》《雅》篇。虽然《风》诗之中被冠以“美刺”之名的诗作，不少都遭世人质疑，但并没有被全部推翻。而《雅》诗之中，有多篇政治讽刺诗，言语犀利，格调沉郁，情绪饱满，有着史诗般的冲击力，得到历代学人的公认。

《小雅·节南山》是很有代表性的一首，选来作为附篇，可在挞伐权奸、激浊忧国这个主题上，与《陈风·墓门》相互参照，加深品味理解。

这是西周末周幽王或后周幽王时期，一位名叫家父的大夫创作的抨击太师尹氏擅权专政、祸国误民的诗篇。诗中对君王的昏庸、权臣的跋扈、朝政的混乱，给予了淋漓尽致的揭露批判，指向明确，分析透彻。诗人磊落坦荡，忠正之气充盈天地，不顾荣辱安危，将自己的名字坦然写入诗中，以生命叩问周室，敲击历史，承担责任，很是令人敬佩。

周幽王时代，天灾人祸，时相迭加。《史记·周本纪》记载："幽王二年，西州三川皆震……是岁也，三川竭，岐山崩。""幽王以虢石父为卿，用事，国人皆怨。"

周幽王二年，也就是公元前780年，今陕西省宝鸡市岐山县一带发生大地震，史称岐山地震。岐山主峰附近大面积山体崩塌，淤塞河道，形成堰塞湖，致泾河、黄河、洛河三川断流。地震、山崩、洪水、旱灾组成的灾害链，持续时间长，影响面积大，给周王室带来巨大恐慌。

周幽王任用王室宗族虢石父为上卿，石父贪婪无度，善于逢迎钻营，引起国人怨愤。幽王死后，西周王朝更是陷于混乱分裂。这一时期，朝堂之内，擅权营私的石父类权臣屡屡出现，你方唱罢我登场，致使朝政昏暗无常，民不聊生，统治者与被统治者之间的矛盾、统治者内部矛盾都异常尖锐。

《小雅》中的《节南山》《正月》《十月之交》《雨无正》《小旻》《巧言》《巷伯》等诗篇，都是这一时期的谴责抗争之作，也足见王朝危机的严重性。

《节南山》一诗可分为九章。

第一章，以"节彼南山，维石岩岩"起兴，既是说南山巍峨，巨石耸峭，也是喻太师尹氏地位显赫，令万民仰止。但这位身居高位的太师，却不能体察时弊，肃纪恤民，而是采取高压手段，"防民之口，甚于防川"。四方百姓民心涣散，王朝命运岌岌可危，主政者却始终没有看明白。

西周晚期，重大自然灾害频频发生，加之朝政昏暗，犬戎狼顾，引发国人对国运的担忧和议论。《史记·周本纪》中，司马迁假伯阳甫之口，预测周室运数：

> 夫国必依山川，山崩川竭，亡国之征也。川竭必山崩。若国亡不过十年，数之纪也。天之所弃，不过其纪。

认为西周亡国，不会超过10年，这是天意，是规律。

果不其然，岐山大地震之后，次生灾害持续蔓延，幽王昏聩，犬戎犯边。仅仅过了9年，幽王被杀，西周灭亡，“国既卒斩”。

第二章，以“节彼南山，有实其猗”起兴，讲到高峻的南山之上，野果挂满树枝，以喻南山不仅可仰，还以其丰硕物产惠及万民。而地位显赫的尹氏太师，面对着上天不断降下的灾难，面对着百姓的死难离乱、民怨沸腾，竟然无动于衷。比起那南山之实，你又为百姓奉献出了什么，何德何能高高在上？

岐山地震，山体崩塌，洪水泛滥，大旱相迭，延续数年。而灾害波及的关中、关西地区，是周王朝的发源地，也是西周政治、经济、文化中心，人口稠密，大灾之后必有大疫，疫情的迅速蔓延自是难免。

对于灾后之疫，史料没有显示。诗中“天方荐瘥，丧乱弘多”，给我们提供了信息，弥补了正史记载的不足。

第三章，强调尹氏太师责任重大，应该为国为君为民有所作为。同时告诫他，他没有尽到应尽之责。

尹氏太师是支撑周王朝的柱石，掌握着王朝的权柄和国家的命脉，应该把各路诸侯和四方百姓维系好，兢兢业业辅佐天子，鞠躬尽瘁抚恤百姓。可是，他身居高位，执掌权柄，却是尸位素餐，甚至胡作非为，让百姓穷困饥寒，颠沛流离。是上天没有看到这些，还是上天本就无道？

商周时代，上天是祭祀的对象，是膜拜歌颂的对象。在这首诗中，因为“空我师”而指斥“不吊昊天”，把民生情怀凌驾于昊天崇拜之上，这是一种价值观的大突破，是后世“民为贵，社稷次之，君为轻”“人定胜天”等观念的思想萌芽，也为下面章节中一连串对“昊天”的指斥奠定了基础。

第四章，一一例数尹氏太师居官不正的表现，讲明白了道理，予以劝诫。作者是强抑愤怒地写下这一章，是明知不可为还在勉力为之，是对尹氏太师的悔过自新还存有一线希望。

你不亲自料理国家政务，百姓怎么会信任你；你不过问民生，不任用贤良，只能是误国害民；你如果能用心平正，改掉坏习气，国家就不致陷于危险之中；你那些蝇营狗苟的裙带亲戚，不能够再肆意横行。

这一章节的内容，表明诗作者对尹氏太师的所作所为了然于胸，也透露出诗作者更多信息：同朝为官，一一看在眼里；

深谙为政之道，明白一个贤臣应该怎么做；深为国家民众忧虑，不能任其这样；具备劝诫资格，有着大夫或宗族身份。

第五章，延续上一章的劝诫，但更加语重心长，设立标准，寄予希望。甚至为了促其自新，解民倒悬，不惜再次将矛头指向苍天。

“昊天不傭”“昊天不惠”，因为上天的昏聩，才会降下那么多灾难，那么大浩劫。这灾难与浩劫，已引发百姓极度恐慌与愤怒。朝堂内有地位有道德的人，如果能够带领民众应对灾害，百姓也许还能消除恐慌；只有能够公正地处理国家事务，百姓心中的愤怒才可能平息。

在这里，对民众拥戴的领导者，鲜明地提出了才与德两个标准：一个是带领民众干成事，一个是心胸坦荡去干事。

第六章，再度强调灾害与祸乱的严重性，正视现实，指出灾情还将继续蔓延，边患随时都会出现。情势急迫，尹氏太师又该何去何从？

正是因为“乱靡有定”，因为“俾民不宁”，诗人抑制不住自己的忧虑情绪，心中燥热，如同大醉，头脑却又十分清醒。他厉声叱问：是谁在执掌国家权柄？不亲自去处理政务、处置灾情，最终受苦受难的还是天下百姓。

《诗经》中不少篇章的文字章节，在传世本与其他传世文献之间、传世本与出土简帛之间、不同传世本之间，存在诸多歧异，有些甚至完全无法对照。作为传世文献的《礼记》，在

《缁衣》第十七章中引用《节南山》第六章诗句“谁能秉国成？不自为正”，与毛《诗》传世本中“谁秉国成？不自为政”存在二字之差，好在未伤诗意。这也是今天读先秦典籍的常见现象。至于断句之异，则更属正常。

第七章，写出诗人内心的矛盾和痛苦。面对黑暗的现实，无法接受，更不会去融入。要逃避出去，却是四顾茫茫，天涯何处有乐土？

诗人有条件出走，有四马豪车，有高大强壮的骏马。或许，不远处还有自己广阔的封地，回到那里去，按照自己的意志，带领民众耕种、渔猎，发展生产，恢复平静的生活，不失为一种选择。但是，封地再丰衣足食，也只是自己的家事。作为王室重臣，诗人本能地去放眼，“我瞻四方”，已是哀鸿遍野，民不聊生，诗人深深地感叹无路可走矣。

通篇的激昂饱满，与这一章的痛苦迷茫，形成情绪上的一张一弛。这看似松弛，却更强化了前文呈现的激愤。

后世诗文中大量出现的“国难当头，志士何倚”之慨叹，与此大抵也是一脉。可拿稍晚于《诗经》的宋玉《九辩》来比照：

愿自往而径游兮，路壅绝而不通。
欲循道而平驱兮，又未知其所从。

情感与意境，何其相似。

这一章的内容，较之全篇，相对独立，应该是接近结语的一章。而下面的第八章内容，则与上面的第四、五、六章联系得更为自然，第七、八章对调过来，更合乎诗意。怀疑是传抄中出现错简，或编辑中出现串简。在此存疑。

第八章，告诫尹氏太师：百姓是纯朴而包容的，百姓对你的态度，完全取决于你的所作所为。

当你无所顾忌肆意妄为之时，百姓把你看作杀人的长矛；你如果能心气平和地与民同乐，为民办事，百姓就会像款待贵宾一样酬谢你。

老子在《道德经》中提出统治者要“以百姓心为心”，围绕百姓所思所欲来调整自己的治理手段。而《节南山》这一章，讲的是百姓会以统治者的态度和行为来决定自己的好恶，正如孟子所谓“君之视臣如土芥，则臣视君如寇仇”。角度不同，程度不同，但其实质是一致的，就是要以民生为根本，实现上下同欲。

第九章，是全诗的结语，也是诗人八面出锋、慷慨陈词的一章。

诗人首先指责上天的不公平，以山崩地裂引发一系列的灾难，以犬戎敌寇屡屡侵犯，使得周王朝烽火四起。而掌握大权，有责任应对这些的太师尹氏，却依然在不务正业，擅权误国，还对别人的规正之言心生怨恨。

诗人坦然写道："我叫家父，我写了这首诗。"进而笔锋一转，直指现实中的最高统治者君王，明确追究君王为山河破碎民不聊生的现状应该承担的责任。诗人深切地劝告君王：清醒过来吧，尽快改过吧，天下万邦，还需要您来牧畜治理。

整首诗，围绕着国运的起伏、百姓的苦难，对执掌朝廷大权却又擅权误国的重臣，晓之以理，动之以情，责之以职，情绪几抑几扬，至激愤处，难以自已。甚至将矛头指向主宰万物的苍天，指向最高统治者周王，所表现出的为民代言、无私无畏的精神，对后世有着积极的影响。

诗的感情真挚，责问有据，规劝深沉。但细细品读，各个章节之间缺乏有机的逻辑关联，语言情绪的起伏显得突兀，叱责与规劝间的过渡不够自如。有种感受就是，这不像是一首诗作，倒像是朝堂之上，诗作者面对尹氏太师的慷慨陈词，激愤、忧虑、坦诚，叱责、规劝、期望，很多地方不假思索，不假修饰，更顾不得起承转合与赋比兴。而后被人记录，加工整理成了这首《节南山》。

这样推测，也符合诗歌语句间强烈的场景感。我们可以从郭沫若的话剧代表作《屈原》中，感受这种场景，领略相近的情怀和情绪。

西周王室非常重视完善治理结构，设置了一系列官职，责任明确。比如，司徒，执掌土地和人民，负责管理籍田、征调徒役等；司马，执掌军政和军赋，负责对外征战等；司寇，执掌刑狱、纠察，负责诉讼和刑罚等；司空，执掌工程建设，负责城市、宫室、宗庙建设等。

内忧外患长期相扰，天灾人祸接踵而至，同样身处高位，对时事看得清楚的诗作者，没有强调朝廷官员按照各自职能，分头负责，共赴国难，而是紧紧盯着这位尹氏太师，责其该为而不为，责其不该为而肆意为之，劝诫并希望他能够幡然悔悟，以使国家受益，百姓受益。

这里传递出两方面信号：一是这位尹氏太师确是大权独揽，也曾经功勋卓著，“民具尔瞻”，但如今已是势同民贼；二是周王朝的治理结构，如同它的礼乐制度一样，至此已呈现出崩坏之势，官员与职守脱节，权责无序，无法再维持有效的治理局面。

至于“赫赫师尹”究竟是谁，有不同的解释。一说是尹氏太师。未必是实指，可能只是作者虚拟出的人物，但现实对应性很强。本文即采用此说。一说是指位居“师尹”职位的高官。应劭在《汉官仪》中提出“天子之相称师尹”，并认为这是古制。一说是指位居“师”和“尹”两个职位的两个权臣。等等。

不同的解释各有道理。后人整理三代至秦汉文献，把官职与姓氏弄混搭乱，是常见的现象。比如，《史记·老子韩非列传》中记载，老子西行至函谷关，“关令尹喜曰”。这里的关令尹喜，是关令名尹喜，还是关令尹名喜，至今认识不一，各持说法。

在这几个时代的文献中，“尹”是出现频次较高的一个字。“尹”字的甲骨文字形是一只手执着权杖，表示有治理管辖的权力，延伸为指有较高地位的官吏。所以，遇到“尹”字，一般还是应该从官职上寻求解释。

《节南山》第一章中，即称“国既卒斩”，说明诗歌作于西周王朝已亡之后。历史上，幽王死，西周亡，王朝并未马上东迁，而是经历了一个“二王并立”的时期。孔颖达《春秋左传正义》引《汲冢书纪年》中一段文字：

> 先是，申侯、鲁侯及许文公立平王于申，以本太子，故称天王。幽王既死，而虢公翰又立王子余臣于携。周二王并立。二十一年，携王为晋文侯所杀。

这里的“二十一年”，据王国维考证，是晋文侯年世。晋文侯二十一年（公元前 760 年）之时，距周幽王之死已过去 12 年，这段时间，“二王并立”。

平王为周之正脉，率王室东迁，又开新局。携王朝中，虢公翰专权。这个虢公翰，正是周幽王任用的那位善谀好利的上卿虢石父的儿子。《节南山》一诗所讥刺规劝的，应该就是虢公翰这位权臣和那位并不被东周王室承认的携王。这样推测，合乎当时实际，合乎诗作者身份，也合乎诗歌的内容表现。这样一首诗，也完全可以为周王室认可。

对于《节南山》一诗，古人释注时也提出不少异议，比较著名的一个观点，说这首诗是讥刺周大夫争田争利之作。齐《诗》首开此义，董仲舒又加阐释。《汉书》中记载有董仲舒点评《节南山》的一段话：

> 及至周室之衰，其卿大夫缓于谊而急于利，亡推让之风而有争田之讼……尔好谊，则民乡仁而俗善；尔好利，则民好邪而俗败。由是观之，天子大夫者，下民之所视效，远方之所四面而内望也。

观点很是正确，说明了风尚的上行下效规律，但与诗意不合，因为全诗没有牵涉争田争利的地方。显然，又是汉儒为发挥而强借题了。

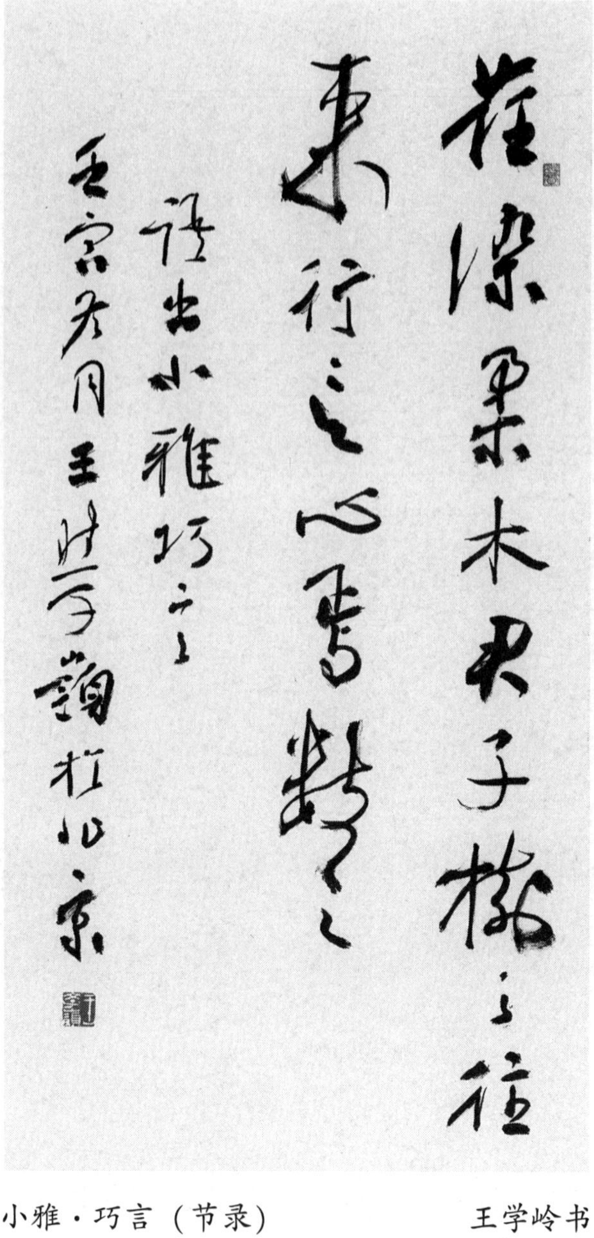

小雅·巧言（节录）　　王学岭书

小雅·巧言

悠悠昊天，曰父母且。
无罪无辜，乱如此幠。
昊天已威，予慎无罪。
昊天大幠，予慎无辜。

乱之初生，僭始既涵。
乱之又生，君子信谗。
君子如怒，乱庶遄沮。
君子如祉，乱庶遄已。

君子屡盟，乱是用长。
君子信盗，乱是用暴。
盗言孔甘，乱是用餤。
匪其止共，维王之邛。

奕奕寝庙，君子作之。
秩秩大猷，圣人莫之。
他人有心，予忖度之。
跃跃毚兔，遇犬获之。

荏染柔木，君子树之。
往来行言，心焉数之。
蛇蛇硕言，出自口矣。
巧言如簧，颜之厚矣。

彼何人斯？居河之麋。
无拳无勇，职为乱阶。
既微且尰，尔勇伊何？
为犹将多，尔居徒几何？

【散　论】

忧谗诗是诗歌题意类型的一种，有着深厚的历史基础和广泛的社会基础，有着强烈的抒怀需要甚至是求生需要，易于在读者中产生共鸣。在本书《陈风·防有鹊巢》篇的散论中，已就忧谗诗产生的社会背景、心理基础和文学因素，作了简要的论述。

这里选《小雅·巧言》作为附篇，是围绕忧谗畏讥这一主题，与《防有鹊巢》相互参照。区别在于，《防有鹊巢》的情绪主调是忧惧，《巧言》的情绪主调则是忧虑、谴责、提醒。

《诗序》认为：

《巧言》，刺幽王也。大夫伤于谗，故作是诗也。

明确了诗作的年代，明确了所刺的对象，明确了诗作者身份。这个方向大致是对的，齐《诗》也持这种观点，后世大多认同此说。

一是因为切中了诗歌的题意。诗中充满忧虑的，是王朝式微，国运渐衰；诗中愤而谴责的，是“蛇蛇硕言，出自口矣。巧言如簧，颜之厚矣”的佞臣；诗中深切警训的，是“乱之初生，僭始既涵。乱之又生，君子信谗”的最高统治者。诗人之所以慨然作歌，是因为“他人有心，予忖度之”，“往来行言，心焉数之”，既看得明白，又经历其中，深受其害，感慨良多。

二是因为时代相符。学界一般认为，《大雅》《小雅》作品，主要出自西周至平王东迁时期。傅斯年《〈诗经〉讲义稿》把圈子画得更小：“《大雅》《小雅》各篇，以时代论，集在宣、幽、平时代如此多……以感情论，集在政乱国破上如此多……”

三是因为幽王值得树为靶子。周幽王因为执导“烽火戏诸侯”大剧，因为亡了西周，而被定位为历史上的“无道”之君。《墨子》对“无道”作了归类：

> 暴王桀、纣、幽、厉，兼恶天下之百姓，率以诟天侮鬼，其贼人多，故天祸之，使遂失其国家，身死为僇于天下。

幽王当政之时，讥刺他的诗歌已经出现。后周幽王时代，平王身负弑父犯上之嫌，更需要引导舆论，开脱自己，昭示天下。所以，《小雅》中有多篇就应该是成诗于这种背景之下。

四是因为朝堂之上有谗佞之人可刺。西周灭亡，从内部因素来看，并非全凭幽王一己之力，还有助纣为虐的祸国之徒。《史记·周本纪》载：

（虢）石父为人佞巧善谀好利，王用之。

有人谗，有人信，二人合力推动西周这驾破车驶向悬崖。这也形成了更生动的诗史互证。

全诗共分为六章，呈现出“5+1”结构，即前五章紧凑而一致，第六章突兀而散乱。

第一章，写巧言之祸的骤然降临，殃及无辜。被万民仰作父母的悠悠苍天，本应庇佑它的子民，却对无罪无辜的民众降下那么大的惨祸。在苍天的滥施和骄横之下，我们的谨敬谦恭毫无自保之力。

上天、君王、父母，是西周构建礼义制度的核心。上天，不仅被视为万物的主宰，更是民众一切言行意志的尊崇。而诗的开篇一章，直斥上天，突破礼制伦理的最高桎梏，既表现出情绪之激，也为下面章节的“责之弥切”拓开了路径。同时，也间接启示我们如何理解下面章节中的“君子”指向：苍天之下，天子承之。君子之谓，就顺理成章地指向君王。

诗中，作者两度强调自己谨慎，“予慎无罪”“予慎无辜”。而“慎”，不单单是一种态度方式，更是西周时士大夫的主要礼仪规范之一，比如《仪礼》要求士大夫“入门主敬，升堂主慎”，《国语·周语》认为“慎，德之守也”。“慎无罪”而罹祸，也喻示着周王室礼乐制度的社会效力已无从验证。

第二章，说明谗言所以能构成危害，在于主政者君王的听信失察。祸乱初起，是因为谗谄之举为君王所默许纵容；祸乱愈烈，是因为君王听信谗言，使其得逞。如果君王能够嫉恶如仇，从善如流，则小人不敢放纵，祸乱很快平息。

从现实的丧乱和历史的教训中，诗人总结出君王对待谗佞之言之行应有的态度：“君子如怒，乱庶遄沮。君子如祉，乱庶遄已。”这也成为后世资治要略。

第三章，进一步揭示谗与乱的关系规律，揭露谗佞者的险恶。

君王总是靠表面的盟誓来治理天下，祸乱才会绵延不绝；君王一味听信谗言，祸乱才会越闹越凶。谗言总是貌似中听，却暗藏祸心，如果识不破它，祸乱就会不断四下扩散。谗佞之人不忠其职，不尽其责，君王的烦心事才会越来越多。

盟誓，是当时一项重要的政治活动。天子和诸侯之间、诸侯相互之间、诸侯与大夫之间，为了在利益上相互约束，向神灵立誓缔约。《礼记·曲礼》载：“莅牲曰盟。”简单说，就是在神前，杀牲歃血，相互立誓，并以血或朱砂写下盟辞。这项活动开展得很隆重，很有仪式感，也在一定时间和范围内产生过约束效力，形成了内容广泛的盟誓制度。

20世纪60年代，在山西侯马晋国遗址，出土了大批盟誓辞文玉石片，称为侯马盟书，反映了春秋晚期晋国丰富的社会状况，成为另一个角度的信史。

盟誓的约束力，是基于对神灵的敬畏和相互间的道义，当这些东西日渐薄弱，盟誓之效又何以谈起？所以，“君子屡盟”，缺乏应有的清醒认识和识别力，老是做这些煞有介事的表面文章，与其说是在治理天下，不如说是在哄骗自己和天下。

第四章，强调了国家的煌煌气象，无论是宗庙殿宇，还是典章制度，都是由圣明的君王和朝中的贤良努力谋划构筑的。巧言的人，别有图谋，自然是言行相悖，自相矛盾，漏洞百出。如果我们认真观察揣度，完全可以分辨出虚实真假、善恶是非，洞察其用心。正像到处窜跃的狡兔，一旦遇上猎犬，必然难以逃脱。

这里对两件大事作了责位划分：“奕奕寝庙，君子作之。秩秩大猷，圣人莫之。”国家的宗庙，是祭祀上天、供奉列祖的，关乎王朝命运，关乎王室子孙，必须谨敬有加，虔诚的态度很重要，所以需要国君站在一线，统筹经略。国家的典章制度，是治理万民、教化四方的，纲纪有则，仪礼有序，从事这项工作，单靠态度远不够，还得具备心忧天下的情怀和经纶世务的才干，所以要选任那些道德楷模、斯文干城来操刀谋划。

第五章，诗作者在对各类谗言看得清、识得破的基础上，对谗言者作进一步的揭露。

“荏染柔木，君子树之”，那坚韧挺拔的佳木，是智慧的前人为我们种下的，不为留下绿荫，只为种下人生的信念，启发我们：要立得正，站得直，抗得住风暴。

往来传播的流言，我辨得清真假。言过其实的欺人之谈，无不出自谗佞者之口。看似舌灿莲花，实则毒信如蛇，善作巧言的人必然是厚颜之徒。厚颜者必无耻，无耻者必无道，无道者必祸国。巧言的背后，包藏着对国家的祸心。

第六章，为巧言者定位画像。

那个谗佞之徒究竟是谁？他就居住在河流岸边。既没有才华，又没有胆略，生来就是专门制造祸乱；腿脚肿胀溃烂，獐头鼠目；挖空心思地想坏点子，又有谁愿意与他为伍？

这一番话讲得很具体，完全可以按图索骥找到那个人。但这一番话描述的那个人，不像是身居高位，可以在君王面前造谣生事的人，倒像是个鸡鸣狗盗的市井之徒。“无拳无勇”“既微且尰”，这样的词语，几近匹夫骂街，用在政治讽刺诗里，看似斥责有力，实则自降了格调。

这一章节的总体风格，与前五个章节明显脱落，逻辑上也缺少关联。由前五个章节围绕昊天、君子、寝庙、大猷、柔木来用情用力，骤然变为盯向一个孤立的目标；由忧国忧君忧民的深切，骤然变为尖刻地揭短；由遣词造句的布阵清晰，骤然变为言辞零乱无序。统观六个章节，前五章与第六章相较，像是一篮子苹果中串入一个李子，色形味差异很大。

就这些脱落与差异，可否作个推论：这首诗歌在传抄整理过程中，被人为地加入了第六章。目的是调整诗意指向，引导读者目光，要么是以图强化挞伐力度，要么是以图泄私愤。

先秦典籍的传世文本，在文字结构上确实存在不确定性，这与其“章节”化文本构成有关。诸如《道德经》《论语》《诗经》等典籍，很多章节本身就是一个独立的意义单元，改变章节顺序，或增减一些章节，不会对整部典籍文本产生太大的影响。这也造成串简、漏简、重文、伪文等错讹现象长期存在，以讹传讹。

就文字内容修补前人典籍，是汉代经学盛行的一个副产品。有些是拾遗补阙，使典籍更完整；有些是加入个人议论，使典籍更深刻；有些是刻意影射，借古讽今；有些则是借机挟私，篡改歪曲。其间无论是思想性、艺术性，还是史料性，都是珠石俱呈，泥沙俱下。我们今天阅读时，需要注意研究识别。

古人所谓巧言，是包藏祸心、颠倒是非的谗言，不是我们今天认为的高情商说话。孔子对于巧言之举十分反感：

巧言令色，鲜矣仁。(《论语·学而》)

巧言、令色、足恭，左丘明耻之，丘亦耻之。(《论语·公冶长》)

因为《诗经》的造势、孔子的态度，巧言，千百年来成了邪恶无耻的代名词。

巧言令色，谗言中伤，是全人类共有的文化现象和社会现象，没有地域、种族、阶级、时代之分。《圣经》说，谗言者尤甚于刺客，因为后者只杀害肉体，前者则杀害名誉和安宁。

人同此心，心同此理。

每个人内心都有阴暗面，都有谗佞滋生的土壤。很多时候，善恶存于一念间，关键在于自我塑造改良，把道德操守变为思维习惯和行为习惯，而不仅是行为理念和标准。

每个人都存在人性弱点，都会有感情的亲疏之别，都会觉得忠言逆耳，关键在于保持清醒识判，处事存公正，明是非，平处想，高处看。

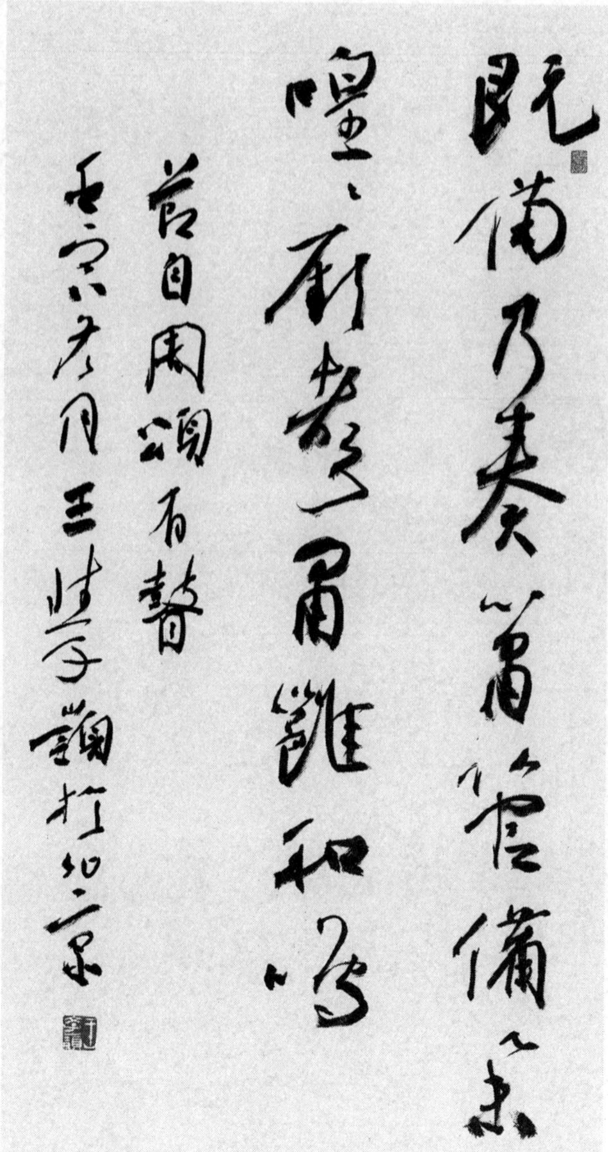

周颂·有瞽（节录） 王学岭书

周颂·有瞽

有瞽有瞽，在周之庭。
设业设虡，崇牙树羽。
应田县鼓，鞉磬柷圉。

既备乃奏，箫管备举。
喤喤厥声，肃雍和鸣。
先祖是听，
我客戾止，永观厥成。

【散　论】

《有瞽》是《周颂》中的一篇，表现的是周天子于宗庙之上合乐祭祖的内容，与《国风·陈风》中隐于诗句背后的若干祭祀活动，可作比照。

《诗经》中所谓颂，一般解释为周代祭祀时的舞辞。这样讲不够确切，它的内容要丰富得多。颂，应该是指一场祭祀仪式或一整套的祭祀活动，包括了内心的虔诚、口中的吟诵、肢体的舞姿、奏响的乐曲、供奉的牺牲这五大部分。而只有颂辞，因为有文字载体，流传了下来。

《周颂》，就是周王室祭祀时的颂辞，是《诗经》中年代较早的文字。较之《商颂》《鲁颂》，《周颂》诗篇在形式和内容上有几个突出的特点：一是篇幅都较为短小，少则五句，多则三十句；二是不分章节，无论长短，都是一章下来；三是内容多为发扬蹈厉之言，少有叙述。

《风》《雅》《颂》各诗，只是表现内容与运用环境不同，文字形式是不应该有大的差异的。详加审察勘校，这些特点应该不是《周颂》原本具备的，是篇章诗句大量散佚散乱情况下，整理中的无奈所致。

作为周王室的礼仪文字，《周颂》集中保存在王室内府，不像《国风》篇，采之于野，存之于野，不像《雅》篇，朝中士大夫、各诸侯会传抄存藏。一旦发生政权动荡，存于朝廷的《周颂》，首当其冲遭受损毁。而后再有收拾，已是残破零乱。至春秋末年，编纂增删《诗三百》，对于已几度遭受离乱的《周颂》部分，不便随意润色附会，只能因陋就简。这样一来，残章成篇、断章分篇现象也就难免。

由此表现为，《周颂》许多篇的文义是不完整的。比如，《载芟》《良耜》《丝衣》三篇，虽各自独立，却紧密呼应，合在一起更像一首完整诗篇，《载芟》是耕种部分，《良耜》是收获部分，《丝衣》是收获之后的岁终祭神。比如，《潜》篇："猗与漆沮，潜有多鱼。有鳣有鲔，鲦鲿鰋鲤。以享以祀，以介景福。"前后都应是缺了东西，作为祭祀之词，尤觉来之突兀，言之未尽。

《周颂》篇章文字的异常，近代以来，更是为人关注。傅斯年《〈诗经〉讲义稿》认为：

> 我想《周颂》并非不分章，自汉以来所见其所以不分章者，乃是旧章乱了，传经者整齐不来，所以才有现在这一面目。

《有瞽》篇，应是较为原本面目的。虽其中杂有一句，似为不速之客，但不影响全诗阅读理解。在这里，试将《有瞽》全诗分为二章，庶几可呼应傅斯年。

第一章，介绍演奏开始之前的各项准备。

开篇即交代了人物、地点。神色凝重从容的盲人乐官，在周王室的宗庙大庭之上，有序地忙碌着。他们在忙活什么？是在布置各类乐器和装饰，为即将开始的祭祀合乐作准备。摆设好悬挂编钟、编磬的木架，装点上五彩的羽毛；悬挂好大鼓和小鼓，排列开鞉、磬、柷、圉各种乐器。

这里所列的乐器，不是周天子祭祀乐队的全部，是精心挑选出来写入颂歌的。

西周初年，周公在革新殷商王室治理制度的基础上，“制礼作乐”，并明确规定了王、诸侯、卿大夫、士等不同阶层的乐悬制度。《周礼》：“正乐县之位：王宫县，诸侯轩县，卿大夫判县，士特县。”强调的就是乐器悬挂的方位和形制。

青铜质的编钟、石质或玉质的编磬，是礼乐制度代表性器物，二者相配，形成乐悬制度的主体。

湖北随州曾侯乙墓编钟的横梁和立柱，构成曲尺形，与配用的编磬三面悬挂，完整、清晰地呈现了周代诸侯的“轩悬”形制。

而这首诗表现的是天子之祭，宫悬之形、钟磬之器，自应更是恢宏。

鼓，是震撼人心并调节节奏用的，鞉也是鼓的一种。柷与圉两种乐器，音质音色并不突出，主要用于演奏的起始和终止。郭璞注《尔雅·释乐》：“柷如漆桶……中有椎，柄连底，挏之令左右击。”显然，柷是奏乐的发令之器。圉，形似伏虎，背有齿痕，以木尺划之作声，用作奏乐结束时的尾音。

这里有个问题：为什么要用盲人做乐官？《诗经》中不独此处，《大雅·灵台》记有“鼍鼓逢逢，蒙瞍奏公”，也是讲盲乐官奏乐庆功。不独《诗经》中的周王朝，《尚书·胤征》所记夏王朝时代，也是“瞽奏鼓”。《礼记·明堂位》记载：“瞽宗，殷学也。”是说殷代的中央音乐学院称为瞽宗，且一直沿存至西周。

这说明，盲人做乐官，夏商周相沿而用，已成制度。不是偶然现象，不是个例，不是像无锡阿炳那样，虽然失明，但天赋异禀，技艺过人，而成一代器乐宗师。

古代王室，或是选用盲人中的乐技高超者，或是培养盲人成乐技高超者，或是将乐技高超者变为盲人，统统启用为乐官，为王朝重大活动作歌乐。

之所以要用盲人为乐官，揣度分析一下，可能有三方面原因：一是古人认为耳聪目明同等重要，为天所授，只有失其一，才能强其一，双目失明，必然听力超常，适宜干好乐师一职；二是失明者难以表达心中的喜怒哀乐，更适合祭祀时肃穆气氛；三是天子祭祀，内容重要而繁多，有不便为下人所知者，盲人在旁奏乐，有安全感。

第二章，描绘了演奏的过程和效果，表达了心愿。

乐器齐备，乐师就位，合乐演奏开始。笙箫管笛一齐吹响，悠扬起伏，钟磬金玉之音相伴，鼓声震慑心灵。既和谐洪亮，又庄重肃穆，敬请先祖神灵聆听。乐曲终了，余音犹在，对先祖的虔敬永世不灭。

这样分章节，既有全诗的完整性，也析分了两个章节的承合关系。备得充分，奏得洪亮，颂得虔诚。虽然篇幅不长，但意思完整，层次清晰，符合颂诗的基本要求。

诗中有一句“我客戾止”，意思是尊贵的客人已经光临。比较全诗，这句话十分生硬不谐，如本篇前面所评：似为不速之客。

从诗意理解上看，“我客戾止”在这里明显唐突不顺。这是一首表现周天子祭祀祖先的颂诗，基本的风格是恢宏、庄重、虔诚，参与人员为周王室宗族。此外，诸侯前来，称不得是客；西戎北狄常年为患，即便前来，更称不得是客。《左传·僖公二十四年》载：“宋，先代之后也，于周为客，天子有事，膰焉。”这里讲的“有事”，即指天地四方祭祀之事；“膰焉”，即赐予祭祀用肉，以示恩宠。而宋之为客，并不参与周室的祭祖活动。“率土之滨，莫非王臣”，天子宗庙之上，何客之有？

从诗句结构上看，“我客戾止”在这里更显节外生枝。全诗十三句，前面均合乎双节句式结构，单单到了这里，上下都难以承接。如果拿掉“我客戾止”一句，结尾四句变为：

喤喤厥声，肃雍和鸣。

先祖是听，永观厥成。

则全诗十二句，节奏清爽；上下章各六句，分别展现备和奏，结构顺畅，且更合乎王室宗庙祭祖的礼法。这样，才应该是这首诗的本来面目。

那么，“我客戾止”这句是怎么凭空多出来的呢？《周颂·振鹭》一诗，表现的是周天子接待杞、宋两国国君的内容。杞、宋两国分别是夏、商的后裔，有封国而没有封爵，杞、宋也算是西周的特别行政区。《振鹭》一诗中有“我客戾止”一句，以客相称，表现周天子对杞、宋国君优礼有加，合于礼数，合于诗意，合于句式。毛《诗》传世本中，《振鹭》与《有瞽》仅隔了一首短诗《丰年》。《有瞽》中的“我客戾止”，是否又是串简或错抄，只能暂作阙疑。

中国古代祭祀，是一种内容丰富、形式繁杂的文化现象。不同年代、不同地域、不同身份人员，针对不同的祭祀对象，在仪式、颂辞、舞乐、飨供等方面各具特色。《有瞽》生动表现了周王室以乐祭祖的场景，同样收录于《周颂》的《丝衣》，则立体表现了周王室祭神时的情况：

丝衣其紑，载弁俅俅。
自堂徂基，自羊徂牛。
鼐鼎及鼒，兕觥其觩。
旨酒思柔，不吴不敖，
胡考之休。

从着装（丝衣载弁）到场所（自堂徂基），从牺牲（自羊徂牛）到用器（鼐鼎兕觥），都充分显示出这是一场王室级别的祭祀。

《有瞽》的合乐之祭与《丝衣》的酒食之祭，都是周王室的中原天子之祭。《陈风·宛丘》的“子之汤”之祭与《株林》的“从夏南”之祭，则是受楚文化影响下的民众与卿士之祭。二者在形式和内容上有很大差别，但有两个关键点是相同的，一是以各种手段表达内心的虔诚，二是努力设法娱神。

主要参考资料

［1］（汉）毛亨传、（汉）郑玄笺、（唐）陆德明释文：《宋本毛诗诂训传》，国家图书馆出版社，2017 年。

［2］（汉）韩婴撰、许维遹校释：《韩诗外传集释》，中华书局，1980 年。

［3］（汉）毛亨传、（汉）郑玄笺、（唐）陆德明音义：《毛诗传笺》，中华书局，2018 年。

［4］（三国吴）陆玑：《毛诗草木鸟兽虫鱼疏》，载北京大学《儒藏》编纂与研究中心编《儒藏》（精华编）第 26 册，北京大学出版社，2012 年。

［5］（唐）孔颖达：《毛诗正义》，载（清）阮元校刻《十三经注疏》，中华书局，1980 年。

［6］（宋）朱熹：《诗集传》，上海古籍出版社，1980 年。

［7］（清）方玉润：《诗经原始》，中华书局，1986 年。

［8］（清）陈奂：《诗毛氏传疏》，北京市中国书店，1984

年。

［9］（清）王先谦：《诗三家义集疏》，中华书局，2011 年。

［10］马瑞辰：《毛诗传笺通释》，中华书局，1989 年。

［11］（清）沈德潜：《古诗源》，中华书局，1963 年。

［12］（汉）许慎撰、（清）段玉裁注：《说文解字注》，上海古籍出版社，1981 年。

［13］赵纪彬：《古代儒家哲学批判》，中华书局，1950 年。

［14］杨伯峻：《春秋左传注》（修订本），中华书局，1990 年。

［15］沈玉成：《左传译文》，中华书局，1981 年。

［16］《孔子诗论》，载马承源主编《上海博物馆藏战国楚竹书（一）》，上海古籍出版社，2001 年。

［17］徐北文：《先秦文学史》，齐鲁书社，1981 年。

［18］吴闿生：《诗义会通》，中西书局，2012 年。

［19］陈子展：《国风选译》（增订本），上海古籍出版社，1983 年。

［20］余冠英：《诗经选》，人民文学出版社，1956 年。

［21］高亨：《诗经今注》，上海古籍出版社，2009 年。

［22］傅斯年：《〈诗经〉讲义》，中华书局，2014 年。

［23］闻一多：《风诗类钞》，载《闻一多全集》第 4 册

《诗选与校笺》，生活·读书·新知三联书店，1982 年。

[24] 朱东润：《诗三百篇探故》，云南人民出版社，2007 年。

[25] 洪湛侯：《诗经学史》，中华书局，2002 年。

[26] 冯浩菲：《历代诗经论说述评》，中华书局，2003 年。

[27] 袁梅：《诗经异文汇考辨证》，齐鲁书社，2013 年。

[28] 马银琴：《两周诗史》，社会科学文献出版社，2006 年。

[29]《全注全译史记》，天津古籍出版社，1995 年。

[30] 陈鼓应：《老子注译及评介》，中华书局，1984 年。

[31] 陆永品：《庄子通解》，中央编译出版社，2015 年。

[32] 朱振家：《论语全解》，上海古籍出版社，2014 年。

[33]（宋）洪兴祖：《楚辞补注》，中华书局，1983 年。

[34] 康殷：《文字源流浅说》，荣宝斋，1979 年。

[35] 陈德芸：《古今人物别名索引》，上海书店，1982 年。